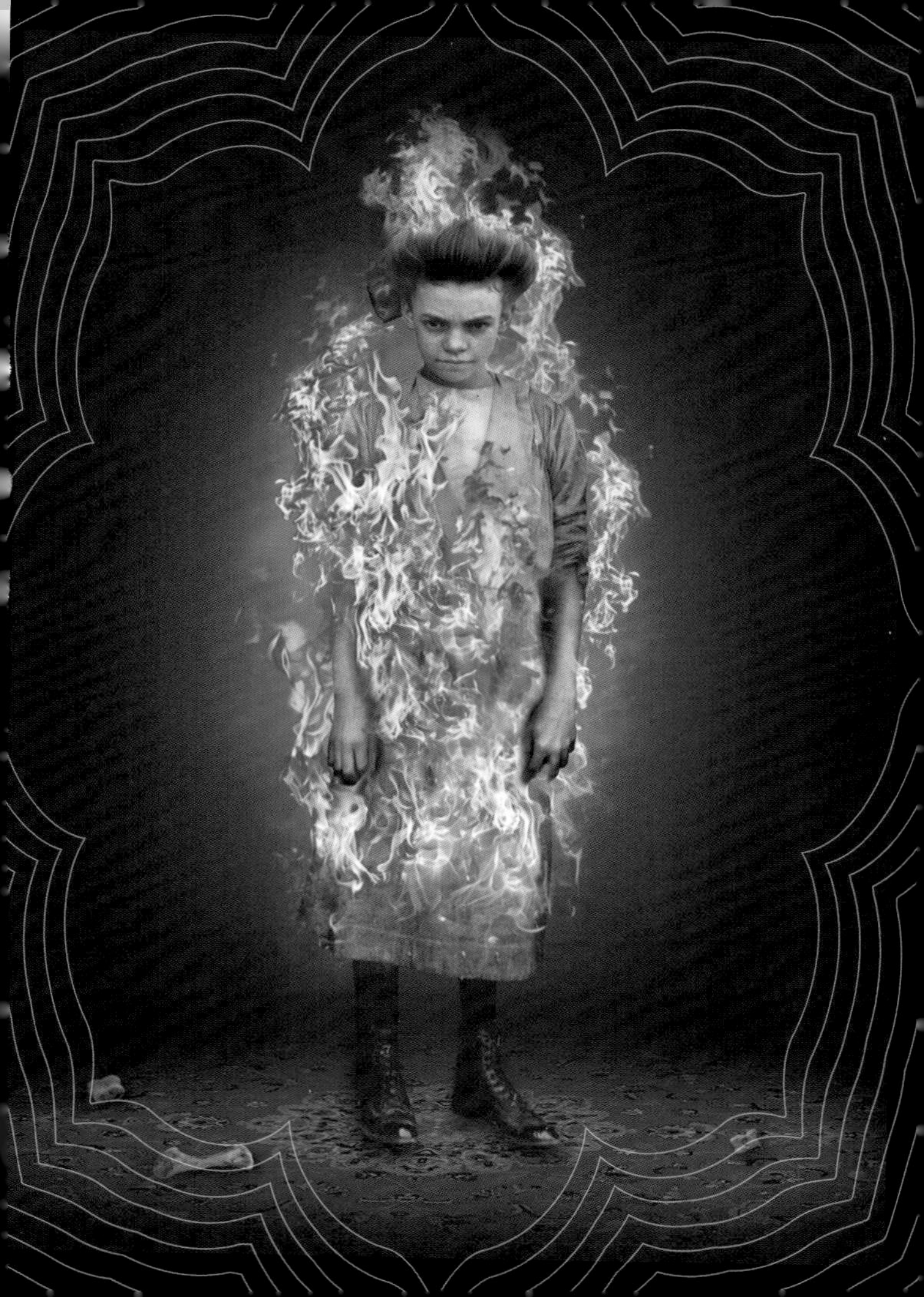

徳 間 文 庫

中島らも曼荼羅コレクション#1

白いメリーさん

中 島 ら も

徳 間 書 店

CONTENTS

編集協力　小堀 純
デザイン　welle design（坂野公一）

日の出通り商店街　いきいきデー

日の出通り商店街を歩いていると、天ぷら屋が襲ってきた。

しかもま上からである。

どうも頭上でちりちり妙な音がすると気づいて、すかさず前に走ったのがよかった。

間髪入れず、さっきまでおれのいたところに大量の煮え油が降ってきた。

路面のコンクリートが、しゃっと泡をたてて揚がった。

おれは、「天吉」の二階をゆっくりと見上げた。おやじの通称「ハマちゃん」が、空になった天ぷら鍋を両手に持って、口惜しそうにベランダからこちらを見下ろしている。

「おい、ハマちゃん」

おれは言った。

「悪い油使ってるな」

「うるせえ」

ハマちゃんは、みごとに禿《は》げ上がった前額部にカッと血を昇らせて言い返した。

「大北京、お前んとこの油なんざ、うちのと比べたら酒としょんべんくらい違わあ」

「ルール違反じゃないのか。自分の家の二階から仕掛けてきやがって。道でやり合うのが本筋だろうが。何なら、おれもそっちへずかずか上がり込んでってシロクロつけてやろうか？」

おれは、楯《たて》がわりの中華鍋と研《と》ぎ上げた中華包丁をハマちゃんに誇示してみせた。

「〝いきいきデー〟の面汚しみたいな真似をするんじゃねえ。それともお前は……」

ここでおれは一瞬言葉をためてハマちゃんを睨《にら》んだ。

「お前は、そういう生き方しかできないのか」

ハマちゃんはぐっと言葉に詰まって、しどろもどろの返事をした。

「そ、そんなこたねえ。もう少ししたら出ていくところだったんだ。風呂へはいって身を浄《きよ》め、新品のさるまたにはきかえたらな。どこで死んでもいいようにな。それまで、首でも洗って待ってろ」

「けっ。日が暮れらあ」

おれはせせら笑いをひとつ残して、「天吉」を後にした。

白昼の商店街は軒並みシャッターが降りている。

しんと静まり返って、子供の泣き声ひとつしない。

ただ、その静けさは普段の休日のそれとはまったく違う。何か、空気の中全体に神経の網の目が張りめぐらされているような。今にも空気が緊張に耐えきれずに呻《うめ》き声をたてそうな、そんな種類の静けさだ。

おれはもううっすらと汗をかいていた。

振り返ってみる。

おれの店「大北京」の薄汚れた看板が見える。出前用のバイクに混じって、うちの子供の自転車と三輪車が放置されている。店先にはキャベツのはいった段ボールと業務用中華みそスープの空き缶と。

最低の店だ。

何が「大北京」だ。

見てくれもひどいが、味はもっとすごい。

「天吉」の言うのももっともだ。うちは安物の油を使っている。おまけにおれが腹を立てているときには味つけが無茶苦茶に塩辛くなるらしい。

そんなことは、ま、いい。

驚いたのは、おれが「大北京」を出てからまだ十数メートルしか進んでいないということだった。

時計を見る。

十二時十一分だ。

〝いきいきデー〟の開催時刻は、昼の十二時から夕方六時までである。家を出るやいきなり天ぷら屋に襲われて、実のところまだ心臓が縮こまっている。夕方六時までの時間は永遠のようにも感じられる。

前進しようと前を向くと、二十メートルほど先にひょろりとした人影が立っていた。

真田外科医院の老先生だ。

往診用の革カバンを左手に下げて、白衣を着た長身は鶴のようにほっそりと頼りな気だ。

老先生は、おれの方を滋味あふるる温顔で眺《なが》めていた。

この先生には、たしかおれが小学生の頃からお世話になっている。

その頃から爺《じい》さんだった。

初めて先生に診てもらったのは小学六年生だった。

級友の井沢くんが、学校の三階の踊り場で、いきなりおれの背をどんと突いたのだ。二階まで一気に転げ落ちた。

転がり具合が良かったのか、骨は折れなかった。ただ、階段の角の滑り止めの金具に顎《あご》が当たって、すぱっと切れたようだった。着ていた体操着の白が、みるみる血の色に染まって大騒ぎになった。

担任の柴詰という初老の女性教師、保健室の先生などが、あっという間に駆けつけてきた。

応急処置をしてもらっている頭の後ろで、〝犯人〟の井沢くんが柴詰先生に問い詰められている。

「井沢くん。どうしてこんなことしたの」

井沢くんは、自分の引き起こした惨事に半ば呆気《あっけ》にとられていたのだろう。最初のうちは、意味のある返答をすることができなかった。が、しばらくしてから薄ぼんやりとした声で、

「……おもしろいと思ったから」

と答えた。

おれは体育の先生の車に乗せられて、真田外科に運ばれた。

消毒液の匂いの染み込んだ診察室で、老先生は机に向かってカルテを書いていた。

おれが体育の先生に付き添われて部屋にはいると、老先生はくるりと椅子を反転させ、にこにこ笑いながら太くて枯れた声で、

「はは、どうしました」

と言った。

その一声で、おれはそれまでの緊張の糸が切れて、初めて泣き出したのを覚えている。

老先生はおれの傷口をアルコールで拭《ふ》いて眺めると、

「ふん。まあ、三針くらい縫っとこうかね。階段から落ちた？　なら念のために脳波もとっとくが、心配するようなことは何もないと思うよ。……何で落ちたの、階段を」

付き添いの先生が事情を説明した。

老先生は、痰《たん》のからんだ声で笑うと、言った。

「しょうがないねえ。男の子ってのは、そういう訳のわからんことをよくするんだよ」

老先生は、あのときのまんまの温顔でおれの方を見て言った。

「どうかね、ご主人、手の具合は」

「え。おかげさまで」

「神経まで切れてなかったから良かったんだがね。いかんよ、気をつけんと。プロのコックさんが中華包丁で手を切っとるようじゃな。医者が注射を打ちまちがえるようなもんだ」

三ヵ月ほど前に、白菜を刻んでいて左手を切ってしまった。親指と人差し指のつけねだ。四針ほど縫ってもらった。

「おれのことより」

老先生の顔を注意深く見る。

あいかわらずの温顔だ。

「先生、往診ですか？　なら、やめておかれたほうが。今日は、その」

「ああ、〝いきいきデー〟だな」

「ご存知で商店街へ出てこられたんですか。……じゃ……」

「初参加だがね。治すばっかりで一生終わることもないだろう。前から、参加して屍《しかばね》の山を築きたかったんだよ」

しゃべりながら、老先生の手がゆっくりと白衣のふところへ忍び込んだ。

一瞬、ちらりと奇妙なものが見えた。

昔のメキシコの山賊が肩にまとっていた弾帯に似たものだ。そいつに、ライフル弾ではなくて、手術用のメスがびっしりと装塡されていた。

老先生が、おれに向かってひょいと手を振った。

銀色の、小魚のようなものがきらめきつつ飛んできた。

かつん。

冴えた音がした。

おれが中華鍋で飛んでくるメスを弾《はじ》き返したのだ。

息つく間もなかった。

二のメス、三のメスが飛んできた。

二のメスはやはり中華鍋で弾き返したが、三のメスがやばかった。老先生、おれの足もとを狙ってきたのだ。かろうじて体を入れ替えてよけた。

おれは荒い息を吐きながら、何とか苦笑いしてみせた。

「やるね、先生」

老先生は、

「うーむ」

と天を仰いで溜め息をついた。

「メスの先に、いっぱい面白いものを塗ってあるのにな。アコニチン。これはトリカブトの毒だな。青酸に砒素《ひそ》。d－ツボクラリン。これはアマゾン流域で使われていた矢毒クラーレの主成分なんだが。ま、メスが当たらんことには面白くも何ともないな。よし、大北京さん、今度は三本ずつ両手で投げてみるよ」

そんなことをされてたまるものか。

おれは、老先生が白衣の内側を探っている間に、とにかく前に向かって突進した。

老先生のメスの飛ぶ射程距離の内懐に飛び込まねばならない。

毒のメスが三本まとめて飛んできた。

二本はとんでもなく外れていたが、一本はおれの心臓めざして一直線に来た。

それを、
かんっ
と中華鍋で叩《たた》き落とす。

ついに老先生の手前、二、三メートルのところまで踏み込んだ。

勝てる

とおれは思った。と同時に、全身の血管が煮えたぎったようになって、頭の中が泡立った。

その間、〇・何秒かのことだろう。

ふと見ると、老先生は診察カバンの中に手を滑り込ませて、何かを取り出す最中だった。

老先生はカバンから出した手に注射器を持って笑った。馬に打つような巨大な注射器だった。透明な液体がたっぷりとガラス管の中に充塡されていた。

おれは老先生との間合いをとりながら、鼻で笑った。

「先生。注射器ってのは、武器にならんよ。貧弱だよ」

「そう思うかね」

いきなり、注射器の先から液体が直線を描いて飛んできた。

中華鍋で受けるのが精一杯だった。

液体の飛沫が顔や腕に当たって、途端にひりひりと痛みが襲ってきた。

「酸だよ」

老先生は笑った。

「次はうまく目に当たるといいんだが」

藪《やぶ》医者め。何を抜かしやがる。

おれの中に凶暴な怒りがこみ上げてきて、それは恐怖を忘れさせるほど激しかった。

ぴゅっ
と、注射液の第二弾が飛来した。

おれは、それまで中華鍋の底を相手に向けてガードしていたが、その鍋をくるりと引っくり返した。

鍋の凹部に注射液が当たった。

その鍋を、頭上で一回転させて老先生に向けて振り切った。鍋返しはお手のものだ。

鍋の底の液体は遠心力を乗せたまま、老先生の胸から上に降りかかった。

「あち」

と老先生が呻いた。

おれはその足で二歩ほど踏み込むと、老先生の鶴のごとく細い首に、中華包丁を降りおろした。

頸動脈から笛のような音と一緒に血の筋を噴き出した老先生は、そのまま無言で路上に倒れ込んだ。

おれは何秒間かその姿を眺めてから言った。

「先生、その傷はね、〝手おくれ〟だよ」
前方の通りを、すいと誰かが横切っていった。
猫背の小男だ。
両肩に振り分けて、何本かガラス壜《びん》をぶら下げている。右手には半分にかち割った
ビール壜を持っていた。
あれは酒屋の伝さんだ。
「なるほどな」
おれは心の中で笑った。
〝いきいきデー〟は、年に一度、誰を殺してもいい楽しい祭りだ。
ただ、いくつか、暗黙のルールがある。
たとえば、
・参加者のみが商店街の路上でプレイすること。
この点、さっきの天吉のハマちゃんなどは掟破《おきて》りもいいところだ。
あるいは、
・己れの職能に関するノウハウをもってプレイすること。

これなどはルールというほどのものではないが、〝いきいきデー〟参加者に共通した一種の美学のようなものだ。八百屋のおじさんがM‐16ライフルを入手して、それで闘っても別にかまいはしないのだが、それは非常に恥ずべきこととされる。そんな勝ち方をしても、世間の狭い町内会のことだ。〝いきいきデー〟以外の三百六十四日、非常に生きづらい日々を送ることになる。八百屋はやはり菜切り包丁、魚屋は出刃を持って敵に立ち向かうのが、〝いきいきデー〟への正しい参加の仕方だろう。

おれなんぞは中華料理のコックでよかった。

何といっても中華包丁は強力だ。ぶっ叩く、ぶった切る、刻む。〝突く〟以外のことは何でもできる万能包丁だ（もっとも〝いきいきデー〟で、「刻む」という動作はあまり役に立たないだろうが）。

そして片手の中華鍋。これが強力なディフェンスになる。鉄の楯だ。

その点、酒屋を商売にした伝さんは気の毒だ。これといった武器もない。

それにしても、伝さんはしきりに後ろの様子を窺《うかが》っているが、何をあんなに警戒しているのだろう。

その理由《わけ》はすぐにわかった。

横丁の角を、

ぎりっ
と曲がる鈍い音がして、七五〇ccのバイクが轟音《ごうおん》と共に商店街に乗り入れてきた。

この町内であんなこけ威《おど》しのバイクを持っているのは一人しかいない。パチンコ屋の島内んとこの伜《せがれ》だ。

毎晩、人が眠る頃になってばかでかい爆音を立てやがって、町内でも札つきの暴走族だ。たしかまだ十八か十九じゃないのか。

未成年だが、〝いきいきデー〟には年齢制限といったものはない。参加したければ子供でも参加できる。しかし、今のところ参加者に女・子供は皆無である。たいていは三十五、六から上の壮年、老年の男子が参加する。島内んところの馬鹿息子なんぞは珍しい例だ。

それにしても、酒屋の伝さんは厄介な奴に見込まれたものだ。

伝さんは走って商店街を横切り、横丁の路地に逃げ込んだ。

いい作戦だ。

あそこは、人二人通れば肩が触れ合うくらいの細道だ。でかいバイクがそこへ乗り込めば横の動きは取れない。つまりは前進の、それも一撃しかできないことになる。

おれは小走りに駆けてその路地へ向かった。

人の闘いぶりを見るというのも〝いきいきデー〟の大いなる楽しみだ。の、筈《はず》だ。経験者からはそう聞いている。

実のところ、おれは四十二歳になるが、今年が初参加なのだ。

路地一杯に幅を取って、猛牛のような七五〇ccが唸《うな》りを上げていた。

ここは袋小路だから、その奥にいる伝さんに退路はない。伝さんは路地のどん詰まりで開き直った笑みを浮かべた。

聞き慣れた塩辛声が路地に響く。

「おい、暴走族。どうしたい。お父ちゃんに買ってもらったバイクでかかってこいよ」

そう言うと伝さんは肩からぶら下げた酒壜からぐびりと一口、らっぱ飲みに酒を飲んだ。

どうも伝さんはすでにかなり酔っているようだった。

「え？　坊主。かかってこい。バイクが壊れちまったら、また親父にひいひい甘えて泣きつきゃいいじゃないか。〝ねえ、パパあ〟ってな」

暴走息子は怒ってアクセルを踏み込み、空ぶかしさせた。路地いっぱいに排気ガスが立ちこめた。

「うるせえ。このバイクはなあ、親父なんかに買ってもらったんじゃない」

まだ青い声が、怒りのために高く裏返っていた。

「バイトして頭金を作ったんだ。うちの親父が、そんなことに一銭でも出すようなタマかよ。……お前ら、お前ら何にも知らないくせに」

「知りたくもないわい。そんなこたどうでもいいんだ。それより、とにかくうちの娘にちょっかい出すのはやめてもらおうかい」

暴走息子の声色がまた変わって、今度は黄色い声になった。

「おれがいつミキ坊にちょっかい出した」

「ふ。〝ぺっちんぐ〟したくせに」

「してないっ」

「ネタは上がってるんだ。親父の目を節穴と思うなよ。お前がミキにあてた傑作なラブレターも、あたしはちゃんと保管しとるんだ」

「え？」

「尾崎豊がラリって酔っ払って寝言で言ったような詩をよこしやがって、

♪おれは　ぶち壊したい

おれは　ぶち壊したい
君への愛以外の
この世のすべて
……かあ。はっははは。やれるもんならやってみろてんだ。はっははは」
馬鹿息子は精一杯ドスを利《き》かせたつもりの低音で呻いた。バイクがまた爆音をあげた。
「調子に乗るんじゃないぞ」
「ミンチにするぞ、この野郎」
「ああ、やってみろ」
伝さんの朗《ほが》らかな声が響いた。
どうやら伝さんは、酒と極度のストレスのせいで一種の躁《そう》状態になっているようだった。
「おれはな、二番の詩だってちゃんと暗記してるんだぞ。
♪おれは　突き抜けたい
おれは　突き抜けたい～」
「やめんかあっ」

馬鹿息子が絶叫した。

同時にバイクは唸りを上げて伝さん目がけて突進した。

その途端、伝さんが口から火を噴いた。

二メートル近いその長大な炎は、突進するバイク上の馬鹿息子のヘルメットを舐《な》め上げた。

「わ」

馬鹿息子は思わず両腕で顔面をかばった。その拍子にバイクはバランスを失って、伝さんの体すれすれのところを抜け、奥のブロック塀に激突した。

バイクに下半身を組み敷かれた形の馬鹿息子の上に、がらがらとブロック片が降り注いだ。

「アルコール度数七十度の酒だ。中国の白酒《パイチュー》だ」

伝さんはボトルから一口飲むと、ふい〜っと息を吐いた。

「何ならもう一焼きしてやろうか。しかし、バイクに引火したりしちゃ、このせせこましい路地だ。大火事になってしまうな。家に引っ込んでる者《もん》に迷惑かけたんじゃ、〝いきいきデー〟らしくないや。な。お前、命拾いしたんだぞ」

伝さんは、ブロックの崩れた中から馬鹿息子の上半身を助け起こそうとした。

馬鹿息子の首が、肩の上でぐらりと異様な角度に曲がった。

「頸《くび》を折っちまったのか」

伝さんは馬鹿息子の上体から手を離すと、ぼっそり呟《つぶや》いた。

「どうも近頃の若いのは、骨が弱くていかん」

おれは路地の入り口から、思わず拍手を送った。

伝さんは一瞬びくりとしてこちらを睨んだ。

「大北京の大将か」

「捨て身の攻撃だったな、伝さん」

「ああ。昨日の晩思いついたんだ。あたしにはこの〝火吹き〟しかないってね」

伝さんは、赤く血管の浮き上がった目でおれに向かって身構えた。

「大北京の。かかってくるかい」

おれは苦笑いして、目の前で手を振った。

「いや、よしとこう。たった今、一戦交えてきたところだから」

伝さんの顔が、ほっと緩んだ。

「じゃ、〝タイム〟か」

おれは言った。

「ああ、〝タイム〟だ」

「じゃ、こっちへ来て一杯やらんかね」

おれは、波型のトタン板の続く、工場裏の路地を伝さんの方に向かって進んだ。

警戒心はない。

〝タイム〟は〝タイム〟だ。

伝さんはおれに白酒のボトルを差し出した。

おれは壜の口から一口あおると、ふがいなくむせ返りそうになった。

「ほとんどアルコールだね、こりゃ」

「ああ。うちに置いてる酒じゃ、〝ロン・リコ〟とこいつが一番強い」
二、三秒もたたないうちに、胃の中が火事になった。
おれは奥のブロック塀のあたりで倒れているバイクと馬鹿息子に目をやって言った。

「むつかしい相手を仕留めたね」

伝さんは目を細めた。

「ああ。何とも言えない気分だな、これは。大将は誰かやっつけたのかい」

「真田先生だ。外科の」

「あんな爺さんが、〝いきいきデー〟に参加してたのか」

「難敵だったよ。毒を塗ったメスを投げてきたうえに、注射器で劇薬を噴きつけてきた」

「へえ。みんな、それなりに考えてるんだなあ」

伝さんは、ポケットからショートホープを出して、一服吸いつけ、鼻孔からゆるゆると煙を吐いた。

「大将は、何回目だね、参加するのは」

「いや、おれは初めてなんだ。恥ずかしながら」

伝さんは、また白酒を一口飲んで言った。

「なに、あたしだって二回目だよ。おととし初挑戦してね。そんときは駅前でたこ焼き焼いてるオヤジ」

「ああ、かっちゃんか」

「かっちゃん、ていうのか。あれに千枚通しで突き殺されそうになって、リタイアしたよ。家出て十五分くらいしかたってないのにさ」

「かっちゃんは、去年の〝いきいきデー〟で植木屋の塩留《しおどめ》に殺されたよ。植木鋏《ばさみ》のでっかいやつで、右腕をちょきんと剪定《せんてい》されてな。失血死だ」

「二回も三回も出るからだ」

「伝さんだって二回目だろ」

「いや、あたしは、もう帰って寝るよ。大漁だったものな、今日は」

おれは、伝さんの奨《すす》める白酒を、墥から形だけ口に含んだ。

「前から誰かに尋ねたかったんだが」

「え？」

「いつ頃からあるのかね、日の出通り商店街のこの〝いきいきデー〟は」

「さあ、どうかなあ」

伝さんは首をひねった。

「あたしが子供の頃には、もうあったよ」

伝さんはたしかおれより十ほど歳上だ。

「親父が〝いきいきデー〟で死んでるからね。酒屋ってのは、認可とるのが厄介だから。あたしが一人前になるまで、お袋がけっぱって店を切り盛りしてたもんな。店と権利、手放すと損だから」

おれの頭の中に、白酒の酔いがまわってきた。ついつい、普段訊《き》けなかったことを伝さんに尋ねてしまった。

「な、伝さん。馬鹿なこと訊いていいか」

「ああ」

「なんで今日は人を殺してもいいのかね」

「へ？」

「日本てのは、その、まだ何とか法治国家だろ。何で人を殺してもいいんだ」

「そりゃ、大将」

伝さんは酔った頭で言葉を探しているようだった。

「そりゃ、大将。今日が〝いきいきデー〟で、ここが日の出通り商店街だからさ」

そうなのかもしれない。現に現職の警官だって、この〝いきいきデー〟にはピストルをぶら下げて参加しているのだ。

ただ、警官はあまり強くはないらしい。

ピストルが当たらないのだ。

去年も中年の警官が、中学校の体育教師に負けて殺された。

体育教師は元国体選手で、使った武器は「砲丸」だった。

「もうひとつ訊いてもいいかい」

おれは伝さんに言った。

「ああ、どうぞ」

のんびりした声が返ってきた。

「〝いきいきデー〟に参加するのは、中年の男や老人ばっかりだな。こんな暴走族の若いのなんて、滅多に出てこないじゃないか。なぜだい」

「それは……。連中には、その……若い男とか女には、やることがあるからね」

「やること？」

「女のことは……。つまりうちの嬶《かあ》ちゃんのことだがね。よくわからん。向こうでもそう思ってるよ」

「男の場合はどうなるのかね」

「男ってのは、そうだなあ。たとえば嬶ちゃんでも他の女でも誰でもいいや。アレをしてぴゅっと出るものが出て、そいつがめでたくご懐妊となったとするね。そしたらもうその男ってのは、はっきり言って、この世に要らないんだ」

「ふむ」

「カマキリの牡《おす》といっしょさ。人間の男は、カマキリより頭がいいからね。屁理屈つけて、何とか自分も生きてけるように、あれこれ考えるだろ」

「ああ」

「で、結局男のやることっていや、遊んでばっかりさ」

「おれはずいぶん働いたがね」

「働いたと思ってるのが見当違いだよ。中年過ぎると、ぼんやり気づいてくるんだ。自分はもう用済みだってね。仕事なんて、ただの暇つぶしなんだって、ね。で、考えてみると、この世で一番面白そうなことは、〝いきいきデー〟に参加することだよ」

「おれは、もう十年このかた、参加したくて、ずっと考えてたんだ」

「だろ？」

「けど、いろいろあるからね。店のローンやなんや。大北京もあんまりはやらないしな。が、昨日だ。はっと気がついた」

「何だね」

「嫥ちゃんが、おれより腕のいいコックを雇ってやってきゃいいんだ。そうすりゃ、今より流行《はや》る」

「はは。あんたとこのスープは、なってないからな」

伝さんは、酔ったせいで言いたい放題だ。

「ま、みんなそうなんだよ。ある日、急にね。頭ん中におからが詰まったみたいな気がし始めて。で、その後、どうしても参加したくなるんだ。〝いきいきデー〟にな」

伝さんとおれは、もう一口ずつ白酒を飲むと、腰を上げることにした。

伝さんは、少し足もとがあやういくらい酔っている。

もう自分の店に帰るという。

伝さんの酒屋はこの路地から商店街へ折れて二十メートルほど行ったところだ。

路地を出たところに電気屋の亀井が立っていた。

亀井は背中にでかいバッテリーをしょって、そこから出たコードを、厚い手袋をはめた両手で持っていた。

「ほ？」

路地からいきなり二人の人間が出てきたので、亀井は一瞬たじろいだ風だったが、すぐに伝さんに目標を定めて襲いかかった。

酔っ払っていた伝さんは、火噴きの術の白酒を口の中に仕込む暇もなかった。

亀井が、コードを伝さんの両首筋に当てた。

蒼《あお》い火花が散って、伝さんは一声も発せずに路上に倒れた。とんでもない電流が身体《からだ》を流れたのに違いない。

亀井は、伝さんが倒れ伏すのを見届けもせずに、さっとおれに向かって身構えた。

「大北京の大将か。いっつも塩辛い出前をありがとうよ。わしの血圧が高いのを知ってて、わざと塩気を多くしてるだろう」

おれは中華鍋で身構えながら答えた。

「ああ、そうだ。お前んとこは子沢山の割には、注文が餃子に小海老のてんぷらだの、二、三品じゃないか。米一升炊いて一家で待ってんだろ。塩辛くしとくのはおれのサービスだ」

「へへ。言ってくれたな。てめえこそ何だ、十万くらいのエアコン買っただけで、季節の変わり目ごとに呼びつけやがって。故障呼ばわりしてほしくないな。エアコンのフィルターくらい、てめえで掃除しとけ」

言いながら、亀井はじりじりと間合いを詰めてくる。背中のバッテリーに手を回して、つまみをいじっているようだ。

もう一言、言い返そうとしていたおれは、はっとして一歩後ろに退いた。と同時に左手の中華鍋を思いきり亀井に投げつけた。

中華鍋は、みごとに亀井の眉間《みけん》に当たって、電気屋は、

「かーっ」

と奇声を発してのけぞった。

あぶないところだった。

おれの右手の中華包丁は、木の握りがついているからいい。左手の中華鍋は棒状の把《つか》みまですべて鉄製だ。良導体だ。亀井の変てこなバッテリー端子を当てられたらひとたまりもなかったろう。

おれは路上に転がって呻いている亀井の上にまたがると、その両腕を取った。

プラグの両端をゆっくりと電気屋の左右の耳に差し込んだ。

亀井の全身がぶるぶる震え、かっと開かれた両眼は、半ば飛び出したようになった。


日の出通り商店街は、けっこう長い商店街だ。

今までそう感じたことは一度もなかった。

ゆっくり歩いて十四、五分か。

おれの「大北京」はその入り口あたりにある。

アーケードの果てるところ。それが日の出通り商店街の終わりだ。アーケードの向こうはＪＲの駅に近くて、飲み屋街になっている。そのアーケードの果てへいつになれば辿《たど》り着けるのか。

商店街の半ばあたりまで来たとき、片手にヘアスプレー、片手にカミソリを持った理髪師が襲いかかってきた。

こいつは中華鍋の一撃で倒した。

「あら」

と言いながら、パンチパーマの理髪師はくずおれていった。

厄介だったのは鍼灸《しんきゅう》師の横内の爺さんだ。

乾物屋の二階のベランダから機を窺っていたらしい。いきなり鍼《はり》を片手に襲いかかってきた。

猿《ましら》のような爺さんだ。

よける暇もなかった。鍼がずっぷりとおれの右肩口に突っ込まれた。

「ふっふっふっ」

横内の爺さんは、きしむような笑い声をあげた。

「動けまい。大北京の大将」

おれは首を振りながら言った。

「先生、ツボをまちがえとるよ」

言ってからおれは快調な右腕で、爺さんの脳天に中華包丁を叩き込んだ。西瓜《すいか》割りで優勝したような気分だった。

ただ、鍼灸師の言ったことは、まんざら伊達《だて》ではなかったようだ。しばらく歩くうちに、鍼を打たれた右肩から、包丁を持っている腕がひどく重たく痺《しび》れてきた。

商店街の中ほどにスーパーがある。

その表の子供用の「象さん椅子」に腰をおろして、おれは煙草に火を点《つ》けた。一休みだ。

じゃらん

じゃらん

と妙な音が商店街の上の方から近づいてきた。

おれは中華鍋と包丁を握りなおすと、スーパーの前庭から通りに躍り出た。

十メートルほど向こうに、愛覚寺の和尚が立っていた。左手に錫杖《しゃくじょう》をついている。

和尚はおれの姿をみとめると、濃い眉を寄せてにっこりと笑った。

「おう。大北京の大将か。なんで最近法話の方に顔見せん。わしの話はつまらんか」

おれは突っ立ったまま、和尚を凝視していた。

町内では評判の、さばけた住職だ。

豚キムチ炒めを肴《さかな》に皆と大酒を飲む。

スケベ話も平気でする。

そのくせ一方で死刑廃止運動に奔走していたりする。

六十に近いとは思えない、開けた頭の坊主だ。

「寺にはなかなか行けんですよ。だいたい法話のある時間帯てのは、うちのかき入れどきだからね」

適当に話を交わしながら、和尚の目をじっと見る。

温度のない目だ。

法話の際に見せる磊落《らいらく》な気配も、嘘のように消え失せている。

「和尚さん、〝いきいきデー〟に参加したのかね」

和尚は照れたように笑った。

「もちろん。この日の出通り商店街に私が今いるということは、すなわち〝いきいきデー〟に参加しとることだ」

「そりゃいいが」

おれは鼻で笑った。

「よく道々無事で来られましたね」

和尚の濃い眉がぐっと寄って、鼻の穴がふくらんだ。

「大北京の。何も知らん男だな。『少林寺』のリー・リン・チェイの武技を見たことがないのか。織田信長は何で聖山焼き打ちの暴挙に出たか。恐《こわ》かったからだ。僧には僧なりの武技というものがある。中でも私はこの」

和尚は左手の錫杖を地に打ちつけて、
じゃらん
と鳴らした。

「この〝錫杖術〟というのに凝っておってな。いつか試してみたくてしようがなかった。なかなか強力な武術だぞ、これは。商店街の向こうっ端からここへ来るまで、もう三人倒したな。大工の横やん。得物《えもの》はノミだけだ。あれはいかんな。ちと可哀そうだった。勝負にもならん。一発だった。次がちょっと訳のわからんサラリーマンでな。金属製の名刺をひょいひょい投げてくるのだ。んなもな屁でもない。錫杖で一撃だ。

単身赴任かなんかで淋しさのあまりトチ狂っとったんじゃろう。三人目が天吉のハマちゃんだ」

「天吉のハマちゃん？」

「後ろから油をひっかけてきおった。いかんせん、その油が、持ち歩いとる間にぬるくなっとったんだな。ハマちゃんも錫杖の一打で脳陥没だ」

「三人も倒したんですか」

「ああ、三人だ」

おれは不思議なジェラシーを覚えた。おれだって、たしかもう三、四人は倒している。

「和尚、普段とずいぶん言うことが違いますね」

おれはやんわりと心理攪乱《かくらん》戦術に出た。

「あんた、いっつも言ってるじゃないですか。仏教とは詰まるところ慈悲を説く哲学だって。そんな、三人も四人も殺生をしていいんですか」

和尚は涼しい顔で答えた。

「だからたまには寺に来て法話を聞きなさいと言っとるんだ。こういう言葉を知らんのかね」

和尚はゆったりとした動作で錫杖を構え、そして言った。

「仏に会わば仏を殺し」

おれも中華鍋と包丁で身構えた。

その足もとを、いきなり固い錫杖が払った。

予想外の攻撃だった。

むこうずねに、いやな音がして、おれは倒れた。

和尚は次に、倒れたおれの右腕を錫杖の先で正確に突いてきた。片手から中華包丁が転がり落ちた。次に和尚はおれの左肘《ひじ》を一突きした。中華鍋ががらりと手から放れた。

和尚が笑った。

「どうかね。辞世の句でも詠《よ》むかね」

おれの喉笛《のど》の急所に、ぴたりと錫杖の先が当てられていた。

おれはかすれた声で言った。

「そんな風流なものはいい。ひとつだけ言い残したことがある」

「ほ。何かね」

「うちの下の娘も通ってるが」

「お前んとこの寺のやってる幼稚園は、〝ぼったくり〟だ」

「バカを言うな！」

「あ？」

一瞬、錫杖に込められていた力が緩んだ。

おれはそのまま半回転して、胸ポケットに隠し持っていた小袋を、和尚の顔に向けて投げつけた。

ぱっ
と灰色の煙が和尚の顔を包んだ。

和尚の激しい咳《せき》込みとくしゃみがその後に続いた。おそらくは、目もほとんど見えなくなっているだろう。

冗談のつもりで持ってきたコショウが、ここにきて役立つとは思わなかった。

あとは中華包丁で和尚の頭を叩き割るだけだ。

立とうとして愕然《がくぜん》とした。

立てない。

両のすねが、錫杖の一撃できれいに折られているようだった。

おれは心の中で叫んだ。

「おうい、真田先生。たすけてくれえ」

しまった。外科医はさっき殺したところだった。

クロウリング・キング・スネイク

私がお風呂を、キュッキュッと磨いていると一枚のウロコが落ちていた。

それがすべての始まりだった。

そのウロコは、人の親指の爪くらいの大きさで、陽《ひ》に向けてかざしてみると七色の反射光を見せて美しかった。

でも、なぜ浴槽にウロコが……。

私はさっそく姉者《あねじゃ》にご注進に行った。

部屋の戸をノックすると、中から眠そうな声で、

「うーん、ＮＨＫなら見てませんよ」

私はかまわずにずかずかとはいっていった。

「まだ寝てたの？　もう世間はお昼どきよ」

「お昼ごはん？　パス。なんだか体がだるくって」

あねじゃは、シーツをかぶったままの全身をゆっくりとこちらに向けて笑った。シーツがはだけてあねじゃの半身がむき出しになった。あねじゃはパンティ一枚で寝ていた。鹿みたいにキュッとしぼられた足首から、そのまま太くもなく細すぎもしないふくらはぎ、腿《もも》へとつながっていく。釣鐘《つりがね》型にきゅんと吊り上がったバストも見える。そしてその上の美しい顔は、まだ半分睡《ねむ》たげだ。

「なあに、何か用？」

私は黙って、例のウロコを差し出した。

「お風呂場に変なものが落ちていたの」

あねじゃはそれをとって眠そうに眺めると、

「ウロコじゃない」

「うん」

「魚のウロコの一枚や二枚、お風呂場にあったからって、そう動揺するもんじゃないわよ。世の中、何が起こっても不思議じゃないのよ。ニューヨークの街を虎が走りまわる可能性だって、無いとは言えないんだから」

「うん、でも」

「どっかから風で飛ばされたのが、たまたまお風呂場の窓からはいったのよ」

そう言ってあねじゃは長々と伸びをした。

「あ、そういや、今月はあたし、トイレ掃除担当だったっけ」

うちの家は父と私たち姉妹の三人家族だ。

母親は私たちがごく小さい頃「謎の失踪」を遂《と》げている。この母については私たちはよく話をした。

「何が謎の失踪よ。男つくって逃げたに決まってんじゃないの」

「そうかしら」

「あなたはお母さんの顔覚えてないでしょうけどね、あたしは三つくらいだったから、うっすら覚えてる。美人だったのよ、あたしに似て。人妻であろうが何であろうが、世の中の男が放っておくもんですか。ましてや亭主は石の地蔵さんみたいにカチカチの漢文教師よ」

「重味はあるんだけどねえ」

父は高校で漢文の教師をしている。秩父のほうに何軒か貸家があるようで、生活はまあまあ裕福だ。

私たちはずっと父方のお祖母《ばあ》ちゃんに育てられてきたが、そのお祖母ちゃんも数年前に亡くなった。家の中のことは私とあねじゃで分けて当番制で切り回している。

あねじゃは二十歳《はたち》で名はのぞみ。今年短大を出たところだ。就職もせずにぶらぶらしている。私は高二。名はかなえ。そろそろ受験の影が迫っているのに、この「家事半分」担当はきつい。今月は料理当番という一番ヘビーな役もある。

お魚の煮つけに菠薐草《ほうれんそう》のおひたし、海草とツナのサラダと並べ終わったところへお父さんが帰ってきた。毎日必ず六時十八分に帰ってくる。

お父さんは食卓の上を眺めると、

「ふむ、竜肝鳳髄《りゅうかんほうずい》の趣《おもむき》であるな」

と言った。

「何、それ」

「竜の肝に鳳凰の髄。つまり珍味佳肴《かこう》である、と、父さんは言っとるのだよ」

「あ、そう。ほめてくれてたのね、父さん」

「そうだ。ほめていたのだ」

「いまお吸物つけるから、ちょっと待っててね」

「のぞみは二階かね」

あねじゃは、どうも今日一日中寝ていたらしい。私が大声で呼ぶと、ずいぶんたってから降りてきた。

食卓を囲んで三人の夕食が始まる。

「今度の新一年生にはなかなか優秀な少年がいるよ。返り点なしの白文ですいすいと読みこなしよる。尋ねてみると、こう頬をばポッと染めてな、白状しよった。李白が好きで、中学生の頃から五言絶句なんかをひそかに作っていたらしい」

「おじん臭いガキ」と私。

「何を言うか。ああいう少年の存在する限り、日本の漢文界もまだまだ先行き捨てたもんじゃないぞ」

「ごちそうさま」

と、あねじゃが言った。

見ると、どのお皿もほんの形だけお箸をつけた程度だ。

「えーっ、全然食べてないじゃない。せっかく作ったのに」

「ごめんね。一日中ごろごろしてたからお腹がすいてないのよ。置いといてくれたら、夜中にでも食べるわ」

そう言ってあねじゃは、だるそうにまた二階へ上っていった。

お父さんはそれを見送って、

「ふむ、あれが〝ダイエット〟というものか。初めて見た。何たる愚行だ」

それから三日間、あねじゃは部屋から一歩も出てこなかった。心配して覗《のぞ》こうとしても部屋のドアを少しあけて、

「大丈夫、放っておいて」

と言うだけだった。仕方なくミルクやパンをドアの外に置いておくのだが、手をつけた様子もない。

私とあねじゃの部屋は隣り合わせだから、ときどき注意して隣室の気配をうかがっていた。

ときどき、

〝バリッバリッ〟

という音がするので、あねじゃは好物のポテトチップスだけは食べているようだった。

その〝バリッバリッ〟が段々激しくなった、三日目の夜中。

あねじゃの部屋の戸が開くかすかな音で私は目が覚めた。

「おトイレかしら」

妙に気になって、私はあねじゃの後をそっと追った。

トイレにはいない。

台所に仄《ほの》かに光がある。

冷蔵庫の扉が開いている。

あねじゃはその前にしゃがみ込んで、何かをしていた。私は思わず声をかけた。

「あねじゃ？」

びくんとしてあねじゃが振り向いた。

あねじゃの顔には、額から右頬にかけてウロコがびっしり生えていた。私がお風呂場で見つけたのと同じウロコにまちがいない。そして、あねじゃの両頬がお多福さんのように異常に膨れ上がっている。

〝きゅぽん〟

と音がして、右の腫《は》れがなくなった。

〝くしゃっ〟

と音がして、左の腫れが消滅した。

「あねじゃ、どうしたの」

私は金縛りにあったみたいになって全身が硬直していた。その私をじっと見たあと、にたりと笑って、

「見ぃたなぁ〜」

と言った。

そう言いながらあねじゃは冷蔵庫から生卵を取り出し、ふたついっぺんに口に入れた。さっきと同じ顔になった。

〝きゅぽん〟

〝くしゃっ〟

と、また音がした。

「かなえ。また生卵買っといてね。新鮮なのがいいわ」

「わかった。……でも、あねじゃ、そのウロコは」

「顔なんかまだましなほうなのよ。ほら」

あねじゃは、パジャマの前をはだけてみせた。首から胸元、おなかまでびっしりとウロコが生えていた。

私は思わず絶叫してしまった。

「ちょっと、よしなさいよ。お父さんが起きてくるじゃないの」

お父さんが起きてきた。

「夜中に何の騒ぎかね」

お父さんは寝ぼけまなこで私を見、次にあねじゃを見たところで、はっと硬直した。

「……もう……か」

お父さんは呟《つぶや》いた。

「お父さん、どういうこと。〝もうか〟って」

あねじゃが五つ目の卵を呑《の》みながらお父さんをにらんだ。

「まあ、みんな、こっちへ来て座りなさい」

私たちはお父さんの導くままにテーブルについた。

「今こそ全てを話すときがきたようだな」

お父さんはロング・ピースを一本点《つ》けると、たっぷりとした煙をゆるゆると空中に吐いた。

「君がたは、私が養子だということは重々承知しとろうね」

「うん、秩父のお母さんの家が家作持ちで、女ばっかりで、そこへ養子にきたのよね」

「そうだ。貧乏書生の父さんには願ってもない話だった。母さんの玉恵はまだ二十歳になったばかりで、輝くように美しかった」

「あたしに似てね」

とウロコ顔のあねじゃが言った。

「ところがこの一家には代々伝えられた呪いがあってな。二十歳を超えて半ばになると、一家の女が〝蛇女〟になってしまうというのだ。もともと、この一家が何をもって財を成したかというとだな、四代前が非常な〝マムシ獲《と》り〟の名人だった。おそらく何万匹というマムシを捕えては、東京の漢方会社やゲテモノ屋に回しとったんだな。その因果が応報して〝蛇女のたたり〟というものが一家にできた」

お父さんは、ついと立つと棚からブランデーとグラスを持ってきた。めったに飲まない人なのに、素面《しらふ》では話しづらいようだった。

「私はその呪いの話を村の雑貨屋の婆《ばあ》さんから聞いたのだが、そりゃあ、最初はせせら笑っておったよ。ところが、お母さんがのぞみを産み、そしてかなえを産んだ二十四の歳だった。ある日を境に母さんは一切食物をとらなくなった。寝込んで四日目のことだ。おい、どうだね、調子は、と部屋まで行ってみると、母さんは縁側に腰かけて、こちらに背を向けていた。答えがないのでもう一度同じ問いをば繰り返すと、母さんは初めてゆっくりと振り向いた。顔のあちこちにウロコができていた。しかも耳まで裂けたような口元から、一本、細長い、蕎麦《そば》のようなミミズのようなものが垂れ下がっておる。〝何だそれは〟と尋ねると母さんはニタッと笑って、〝何だってあなた、ネズミの尻尾《しっぽ》ですわ〟。言うなりそれをチュルチュルッと吸い上げてごくりと呑んでしまった」

私はその場の場景を想像して背筋がぞくりとした。あねじゃのほうを見ると、あねじゃはちろちろ舌なめずりをしていた。異様に細長くて、先がふたまたに分かれた舌だった。

「それからしばらくしてだ、母さんが失踪したのは。おそらくは秩父山中深くに逃げ込んだものと思われる。〝子達お願い申し上げます〟の書き置きを残してな。山狩りもしてみたのだが発見できなかった。その後、何年かして私たちは東京へ越してきたのだよ」

「ひっどおい」

あねじゃが言った。

「それならそうと、もっと早くから言ってくれたら、ショックも少なくてすんだのに」

「いや、しかし、何事も起こらんという可能性だってあるじゃないか。せっかく青春を謳歌しておる君がたに、余計な影を落としたくなかった。それに母さんが蛇女になったのは二十四のときだ。まだまだ時間があると思っていた。……この頃の女子は発育が早いから」

「ということわあ」

私は蒼《あお》くなって言った。

「私も二十歳くらいになったら、あねじゃみたいに蛇女になっちゃうの？」

「ま、それが理の当然であろうな」

ショックを受けて茫然《ぼうぜん》としている私に、あねじゃが言った。

「あなた、今のうちにちゃんとダイエットしといたほうがいいわよ。その幼児腹《ようじばら》のまんま蛇になったら〝つちのこ〟よ、つちのこ」

「結局」

あねじゃがヘチマ水を顔につけながら言った。

「お母さんの一族の女は、蛇女になると秩父の山中に逃げ込んでたってわけね。いいわよねえ、逃げ隠れするところがあって。ここは東京のど真ん中よ。カットひとつ行けないじゃない」

あねじゃの顔は、今やびっしりとウロコにおおわれていた。おまけに口も、耳元まではいかないまでも、研ナオコに凄《すご》みを増したような裂け具合で、その唇の間から、ときどきチロチロッとふたまたに分かれた細く赤い舌が覗く。

「あねじゃ」

私は言った。

「もう顔中ヘビなのに、どうしてヘチマ水つけてるの」

あねじゃは一瞬置いてから、縦細の蛇目を私に向けて言った。

「それはね、女の性《さが》よ。さが」

私は一瞬返答に詰まった。

「昨日なんかね、あなたもお父さんも出かけてるときにあたし、パックしてたのよ」

「パック？」

「うん、そしたら新聞の集金人が来たの。あたし、パックしてるからそのままのんのんずいずいと出ていって応対したわ。別に怪しまれなかったみたい。けけけ」

「でも、年がら年中パックしてるってわけにもいかないしい」

「そうよねえ。あたしも秩父の山中に逃げようか、とか、家に座敷牢つくってもらおうか、とか、いろいろ考えたのよ」

「うん」

「でもダメね。そんな自閉的なことってあたしには向いてないのよ。あたしはもっと開かれた生き方がしたいの」

「蛇女でも？」

「蛇女だからよ」

「ふうん」

「ほら、最近こんなのが生えてきた」

あねじゃが口を大きくあけて見せてくれた。

上のあごに二本、どきっとするような鋭い牙が生えていた。

「ねえ、それって、やっぱり毒の出る牙なのかしら」

「あったりまえじゃないの。マムシの祟《たた》りでこうなったのよ。毒くらい出なくちゃ面白くも何ともないわよ。ほら、三日前に、三軒隣の森下さんちのシェットランド・シープドッグが死んだでしょ」

「ああ、ラッシー？」

「あれ、あたし」

「……え」

「あんまり夜中に吠《ほ》えてうるさいから、ちょっと行って鼻の先かじってやったのよ。いちころだったわ」

「ひっどお〜」

「これで夜中に痴漢に会ってもこわくないものね」

「だいたい痴漢も蛇女を襲わないと思うけど」

「あんたねえ」

あねじゃは口先からチュルチュルとふたまたの舌を出して私を睨《にら》んだ。

「いいかね、のぞみ」

台所のテーブルでお父さんとあねじゃが話している。私は洗いものをしながら聞いている。

「君のその蛇女は、代々の呪われた血が顕現したものである以上、これはもう逆らいようがない」

「何代か前の人がマムシばっかり獲ってたからこんなになったっていうの？」

「因果応報というか」

「けっ！　因果応報ですって」

あねじゃはそれこそ耳元まで口をあけて、

〝くえっくえっくえっくえっ〟

と笑った。

「そんなもの、糞喰らえだわ」

「下品な言葉を使うのではない」

「じゃ、〝ウンコ召し上がれ〟ですわ。お父さま」

「むむっ」

「そんな前近代的な差別思想の犠牲になんかならないわよ、あたしは」

「いや、親の因果という言い方が悪かったかもしれんが、要は今の君の姿は哲学的に言うならばア・プリオリに、先験的に与件として抱《いだ》いてきたものであるということだ」

「ア・ポステリオリ（後験的）じゃないってわけね。たとえばあたしがドラキュラに嚙《か》まれて吸血鬼になった。そういうことじゃなくって、あたしだけが運命的に抱え込んだ問題だってことね」

「ま、そういうことだ」

「で、だから何なの、お父さん」

「その……。お前は見てのとおり、家から一歩も出られんような状態だ。父さん不憫《ふびん》でならないのだよ」

「だから？」

「……秩父山中に、ひとつ尼寺がある。そこの瀬戸内さんとは父さん多少の顔なじみだ」

「……あたしに、尼寺へ行けってのね」

あねじゃの蛇目がらんらんと光って、お父さんを睨んだ。

「いや、別にそうしろというわけではない。一つの案としてだ。尼寺なればそう人に会わなくてすむ。おまけに人生修養もできよう」

「シャ〜ッ！」

あねじゃが口を全開にしてお父さんを威嚇《いかく》した。両の毒牙の間から毒液がぽたぽたと落ちて、舌があごのへんまでちょろちょろと延びていた。

「ひっ、落ち着きなさい、のぞみ」

お父さんが椅子ごとガタガタ後退《あとずさ》りながら言った。

「嚙みゃあしないわよ、実の親を」

あねじゃは口を閉じて笑った。

「あたしはね、因果応報だとか業《ごう》だとかいって、そういう自分に責任のないもので悩むことがまずいやなの。悩んで悩んで内向的になって自閉して生きていくのがいやなの。障害者の人たちだって、車椅子で前へ前へと進もうとするじゃないの。あたしはね、そういうつらくても開かれた生き方がしたいのよ。自己否認ではなくて、もっと開かれた生き方よ。わかる？」

「うむ……。わかるような気もする。それはつまりあれだな、杜甫《とほ》の歌っておるところの、

腹を坦《たい》らにすれば江亭の暖かに
長く吟じて野を望《なが》むる時
水は流るれども心は競わず
雲は在《とど》まりて意は倶《とも》に遅《のど》かなり

と、そういう心境を目指しておるのだね」
あねじゃは、ぽかんとしてお父さんを見たあと、
「よくわかんない」
と言った。
それからのあねじゃは、自分が何をするべきか、悶々《もんもん》と迷っているようだった。
ひたすら部屋の中でヒンズースクワットとプッシュ・アップをくりかえしている。
おかげでずいぶんかっこいい体つきになった。

またあるときは庭に突っ立っているので、

「どうしたの」

と訊《き》くと、

「三すくみよ。三すくみのけいこ」

よく見ると庭の置き石に、あねじゃを頂点としてアマガエルとナメクジが三角形を成して置かれていた。

「ふんっ、やっぱり迷信ね。蛇がナメクジに弱いってのは。でも、蛙にはあたしの眼力、効くみたい」

そう言うとあねじゃは、置き石の上で硬直しているアマガエルをひょいとつまみ、無造作に口の中に入れた。

「あっ」

と私が小声をもらすと、あねじゃは私のほうを見て笑った。

「絶品よ、絶品」

まだ口のはしに残ってじたばたしていたカエルの足が、ちゅるるんと吸い込まれた。

「おいしいの?」と私。

「おいしいわよ。喉越《のど》しがいいのよ。でもねえ」

あねじゃはぽりぽりと喉のウロコを掻《か》いた。

「いつまでもこんなことしてちゃねえ。尼寺で庭掃除してるのと変わんないもの。あたしはね、もっと社会に向かって開かれた存在でありたいのよ」

蛙をごっくんと呑み込んだあねじゃの姿は少し淋しそうだった。それでも、きっとした目を私に向けて、

「あたしの人生、こんなもんで終わりはしないわよ。それにあなたのこともあるし」

「私のこと」

「能天気ねえ。あと二、三年もすれば、あなたもあたしと同じことになるのよ」

私は、はっと胸をうたれた。

「あなたのためにも、あたしは負け犬になんかなれないのよ。ふん、何が尼寺よ」

あねじゃは、私の将来まで考えて、何とか前向きに生きようとしているのだった。

「ああ、かゆい。ちょっと、かなえ、掻いてくれない？」

「ウロコを？」

「いや？」

「ううん、全然」

「ここ一週間くらい、無性にかゆいのよ、全身が」

私は陽の光の中で、半裸になったあねじゃの身体を掻いてあげた。そうすると、気持ちがいいのか、あねじゃの口から赤い舌がチュルチュルッと出入りした。

「あたしね、いっときは風俗で働こうかとも考えたんだ」

「フーゾク？」

「だって、見てこの舌技」

あねじゃは細い舌を出して縦横無尽に動かしてみせた。

「世の殿方はたまらないわよ、このヘビー・フェラチオにかかっちゃ」

私はカッと耳まで赤くなった。

「でもね、そんな考えはすぐに捨てたの。あたしにはあたしなりのもっと確固とした生き方があるはずよ」

パチパチパチ、と私は拍手した。

「でもねえ、とにかくその道が見つからなくって。ああウロコがかゆい。もうちょっと腰骨のほうまで掻いてくれる？」

それからしばらく、あねじゃの姿を見なかった。冷蔵庫の生卵の数は確実に減っているから、おそらく元気は元気なのだろう。部屋の中でうねうねと身悶《みもだ》えて、自分の来《こ》し方《かた》行く末を考えているのかもしれない。

そんなことが四、五日も続いた月初めのある日、私はたまりかねてあねじゃのドアを叩《たた》いた。

「あねじゃっ、あねじゃっ」

返事はない。

私は思い切ってドアをあけた。

あねじゃのベッドの毛布は、あねじゃの体の形どおりにセクシーに盛り上がっている。

「もう、いつまで寝てるのよ。今日からあねじゃは洗濯当番と炊事当番よ。いっくら蛇女だからって、ノルマからは逃げられないんだからねっ」

私は、盛り上がった毛布のヒップのあたりを思いきり叩いてみた。

それは、ぺしゃりと崩れた。

「？」

私は、おそるおそる毛布を全部めくってみた。

そこには、あねじゃそっくりの形をしたウロコの脱けがらがあった。

私はしばらくそれを仔細に眺めたあと呟いた。

「お姉さまは、〝脱皮〟したのだわ」

ショックが大きくて、いつもの軽々しい〝あねじゃ〟という呼び方ができなかった。

階下に降りてみると、バスルームから涼し気なシャワーの音が聞こえていた。

とんとん、と軽くバスルームの戸を叩く。

「あねじゃ？」

「ああ、かなえ。ごめんね、この二、三日心配かけて。お姉さんね、脱皮したのよ」

「うん、知ってる。脱けがら見たもの」

「で、体中ぬるぬるするからね、久しぶりにシャワー浴びてんのよ」

「あの……脱皮するとどうなるの」

私の頭の中には、ひと回り大きくなって笑っているあねじゃの姿があった。

「見たけりゃ見なさいよ、ほら」

内側からあねじゃがお風呂場の戸をあけた。

あねじゃは私のほうに体を向けてシャワーを浴びていた。

全身が桜色のウロコにおおわれていた。そのウロコが水滴の反射や窓の光のかげんによって、深い青になったりピンクになったりする。それはまるであねじゃが内側から発している光のようだった。

「きれい……」

私はうっとりして呟いた。

「ほんとに？」

「うん、ほんとに、とってもきれい」

あねじゃは桃色の体をシャワーに打たせながら言った。

「ま、ちょっと渋皮のむけたいい女ってとこね。これからの生き方も決まったわ」

「え？」

「あたしはヘビなんだから、ヘビ・メタの女王様になるのよ」

次の日、私はあねじゃからとりあえず十万円持たされて楽器店へ行った。

楽器店の中には金髪をおっ立てた子とか、モヒカンの子とかいっぱいいて、誰が店員なのかよくわからなかった。

中で一番まともそうな、Ｙシャツにネクタイの人がいたのでおそるおそる声をかける。

「あのお」

「はい？」

「エレキ買いたいんですけどお」

「あ、それならね、あのモヒカンの青年に言ってね。私は、大正琴買いに来た、ただの客だから」

そのうちに店内のモヒカンだの金髪兄ちゃんだのがわらわらと私のまわりに寄ってきた。

「彼女、ギター初めて？」

金髪兄ちゃんが言った。

「はい」

「で、どんな楽器やりたいわけ？」

「その……、ヘビ・メタなんですけど」

店内に笑い声があふれた。

「はい、ヘビ・メタねえ。じゃ、まずギターはこれ、サンダー・バード・モデルだね」

三角形のボディの先がふたまたに分かれた、鋭いギターが指し示された。

「あねじゃのふたまたの舌にぴったりだわ」

私はそれ（四万八千円）を買うことに決めた。

「で？　エフェクターなんかは要らないの」

　金髪兄ちゃんが訊いた。

「エフェクターって何ですか？」

　モヒカンの兄ちゃんが寄ってきて、にたりと笑い、

「エレクトじゃないよ」

「……エレクトって何ですか」

　私はここ一番、ぶりっ子を決め込むことにした。なあに、こんないやらしいモヒカン、あと二、三年もして私がめでたく蛇女になったら、まっ先に喉首かっ切ってやる。

「エフェクターっていうのはぁ、僕ら〝アクセサリー〟とも呼んでるけどぉ。要するにギターの音質を変える装置のことさ。あのヘビ・メタのギュイーンって音を出すには、〝ディストーション〟がまずいるよ。それから〝フランジャー〟〝ディレイ〟なんかも揃《そろ》えといたほうがいいな」

　ずらりと並んでいるエフェクターのコーナーから、私は金髪兄ちゃんの勧めどおりに、三種類のエフェクターを買った。しめて七万八千円だった。

　店を出ようとする私に、金髪兄ちゃんが不安そうに尋ねた。

「ところで、君、アンプは持ってんだろうね」

私は、止めかけたタクシーの前で振り返ると、にっこり笑って、

「アンプって何？」

と尋ねた。


次の日からあねじゃの猛特訓が始まった。

朝から晩までギターを弾《ひ》いているらしい。

もっとも、買った練習用アンプには、ヘッドフォン用のインプットがあるので、そうたいした音は聞こえない。でも、一日中、カシャカシャと弦を弾く音がし、ときどきはそれに乗せてヴォーカルも聞こえてくる。それは私のとんと知らない、キング・クリムゾンとかブラック・サバスあたりのナンバーらしかった。

二ヵ月後、音楽雑誌にあねじゃの投稿がのった。

「求む、ドラムス、ベース、ギター、当方二十歳の女性ヴォーカル」

これにはさすがに一通の返事もこなかった。

まあ、当たり前のことで、音楽誌にはよくこういう間抜けな投稿がのっている。ドラムにベースにギターが揃ったのはいいが、ヴォーカルのお前が音痴だったらどうす

るんじゃあっ！　こう言いたい。おまけに色白でぽちゃっとしてて、泉麻人がメイクしたような奴がヴォーカルで誰が聞きにくるのか、と私は言いたい。

それから数ヵ月たった。

あねじゃはバンドをあきらめたのかそうでないのか、ずっと部屋でギターのけいこをしている。

夕飯のときになると、あねじゃは蛇目を輝かせて、

「今日はね、トレモロアームとワウワウの掛け合わせ方が少しわかったわ。ラッキー」

「でも、バンドは？」

「そうねえ。メンバーに心当たりがなくって」

「何？　バンド？」

とお父さん。

「最近の金髪や剃毛したような輩《やから》に与《くみ》するのは父さん許さんぞ。だいたい、身体髪膚《しんたいはっぷ》これ父母よりさずかると言って」

「シャ〜ッ」

あねじゃが口をカッとあけるとお父さんは黙ってしまった。

変な話だけれど、あねじゃのバンドのメンバーは私が探し当てることになった。あねじゃのエフェクターの〝フランジャー〟というのが壊れたので、いつもの楽器店へ持っていったのだ。例の金髪兄ちゃんとモヒカン兄ちゃんがヒマそうに煙草を吸っていた。

「よお、彼女、久しぶり。ちょっとはうまくなった？」

金髪兄ちゃんが軽く声をかけてきた。

「あの、あたしじゃないんです、ヘビ・メタやりたいの。うちのお姉さんなの」

「へえ」

モヒカンと金髪が身を乗り出してきた。

「ベースとドラムが欲しいの。彼女、ギターはすっごくうまくなったから」

「で、可愛いの、お姉さん」

「昔はずいぶん可愛くて、今もそれなりには可愛いけど……」

私は定期入れから、秘蔵のあねじゃの写真を取り出して二人に見せた。一枚は蛇女になる前のあねじゃ。二枚目は蛇女になってからのそれだ。

「すっげえ。これ、おんなじヒト？」

　モヒカンがうめいた。

「どんなメイクしてんだろう」と金髪。

「メイクじゃないのよ、メイクじゃ」

　私は必死に抗議した。

「どっちでもいいや。いっぺんここのスタジオでセッションしよう。このモヒカン君は凄いパワーのドラマーだ。ただ、あっちこっちのスネアドラムの皮を叩き破るんで、目下休職中だ」

「お兄さんは何を弾くの？」

　金髪兄ちゃんは、鼻の横を掻きながら言った。

「ベースだ。……ビル・ワイマンよりはうまいと思うよ」

　あねじゃたちのバンドは、金髪、モヒカンの三人組で、数ヵ月後にデビューした。デビューといっても百人で一杯の小さな小屋だったけれど（それが後には東京ドームを満杯にすることになったのだが）。

　そこにあねじゃは、まっ裸で出た。

「ふふ。みんなメイクだと思ってるから、陰毛さえ剃《そ》っちゃえば気づかないわよ。ボディスーツみたいなもんくらいに思うんじゃない」

ベースとドラムがゆっくりとしたブルースを奏で始めると、しばらくたってから、あねじゃがスポットライトの中に現われる。

「シャ〜ッ」

いきなりあねじゃは客に向かって牙をむいてみせた。「わおっ」と反応があった。

そしてゆっくりと、アンプに向かってシールドをつなぎに行く。ウロコ一枚に包まれただけのプリプリしたお尻が客のガキンチョどもに息を呑ませる。

アンプから戻ってきたあねじゃは、ギターのボリュームを一杯にすると、〝ギャーン〟と最初の一発を掻き鳴らした。

私はこの曲、知っている。家で何度も隣室から聞こえていたから。古いブルースで、死ぬ前のジム・モリスンなんかもアルバムに入れている。あねじゃは、それに勝手な日本語の歌詞をつけたようだ。しゃがれ声のヴォーカルが聞こえてきた。

♬　あたし這《は》ってるヘビ〜
　闇の王様

あたし這ってるヘビ～
闇の王様
あんたの首を
絞め上げる

もう、とっても三人でやっているとは思えないようなヘビーな演奏だった。

ツゥ・コーラス目が終わって、あねじゃがギターのアドリブを弾くところになった。ところが、汗ですべってしまったのだろうか、ピックがあねじゃの手もとからピョンと飛んで、バックステージの暗闇の中に行ってしまった。

私はハッとしてあねじゃを見つめた。ほんとのプロならピックの数枚は用意してるだろうし、中にはこういうときのために爪をのばしている人もいる。でも、あねじゃはこれが初ステージなのだ。

はらはらしている前列の私に、あねじゃは軽くウィンクすると言った。

「ＯＫ、エブリバディ。蛇女の凄いとこ、見せたげるわよ」

そう言うと、あねじゃはいきなり自分のおっぱいのへんからおっきなウロコをベリッとはがした。

そのウロコをピックにして、あねじゃはギターを弾いた。一枚のウロコが壊れたら、次のウロコを引き抜いて、延々とブルースを弾き続けた。

このあたりで、小さな小屋の全員が総立ちになった。二曲目の「あたいはヘビー」が始まる頃には、ほぼ酸欠ギグみたいになってた。

後ろのほうで、

「おい、君がた、座らんか。見えんじゃないか」

という声がする。お父さんだ。こっそりお忍びで娘を見に来たに違いない。

その後のあねじゃの活躍は言うまでもない。

インディーズで人気が沸騰《ふっとう》した「蛇姫さま&マングース」は、半年もしないうちにメジャーのレコード会社から契約の依頼が殺到した。そうしてできたCDはそこそこ売れて、それより何よりTV局があねじゃのキャラクターを放っておかなかった。

今では全国津々浦々で、あねじゃの顔がTVで見られる。「蛇女の人生相談」みたいな腐った番組まで、あねじゃは受けている。

蛇顔で道を歩いていて、サインを求められたりしても、にこやかに応じている。

「あの、握手してもらえませんか」

「いいですよ」

「ふえっ、冷たいてのひら」

「そりゃ、まあ、蛇で冷血動物ですからねぇ」
二、三年たって私の体に異変が訪れたときにどうするか。今から考えておく必要がありそうだ。
ひょっとすると二、三年後には〝ヘビメタ・シスターズ〟なるデュオが日本のチャートを席捲《せっけん》したりして。

でも、蛇女になるのは仕方がないとして、私にはひとつふたつ悩みがある。

私は、生卵が大っ嫌いなうえに、稀代《きたい》の〝音痴〟なのだ。

ま、そのへんは、自分で考えよう。あねじゃが自分の道を切り開いたように、私も、蛇女になっても、めげずに全ての窓を開いていこう。

白髪急行

カトゥーン
カトゥーン
カトゥーン……

車輪がレールの継ぎ目に当たる遠い響きが聞こえてくる。私はいつもそうするように、県道沿いの歩道で立ち止まり、その遠い響きの方に目をやった。

対向二車線のか細い県道を大きくまたいで高架が渡されている。高架の下には黄色い点滅信号がひとつあるきりで、まわりには人家の灯《あか》りもない。暗いその一画をまたいで、高架はくっきりと黒く、倒れた大木のようなシルエットを見せている。いま、その高架の上を、車庫に帰る終電車が渡っていくのだ。高架のはるかむこうには「長井車庫」と呼ばれる車庫があり、一日の勤めを終えた列車は、そこで最後の点検を受け、格納されるのである。

私はこの最終電車が高架を渡って車庫へ帰っていく光景を見るのが好きで、いつも道の途中で歩みを止めて見入ってしまうのだった。誰一人客の乗っていないガランとした車輛は、それでもあふれるような光を窓からこぼれさせながら闇の中を走っていく。冷たく透明な光に満たされたその無人車輛の中の空間は、私にいつも何か特殊な感情を呼び起こさせるのだ。電車の中のその空間は、この世にあるほかの無数の、ひっそりと無人の空間に通底しているような気がする。たとえば雨の日の遊園地で誰一人乗せずに回っている大観覧車の小部屋のひとつひとつに。あるいはまだ発見されていないファラオの墓の中深く、永遠の炎によって照らされている石室の空間に。でなければ、軌道を回る人工衛星の中で、計器の光だけが点滅している無人の空間に。おそらくそれらの空間は、無人であるというその一点のために、ある種の聖性を帯びるのだ。その清澄さを通じて、それらの空間は互いに通底して、この世ならぬ王国を構成しているのではないだろうか。

私はいつの日にか、自分がこの世での役目を果たし終え、老いたみすぼらしいこの肉体を脱ぎ捨てて、すがすがしい無に還《かえ》る瞬間を夢に見る。そのときこそ私は、これらの無人の聖なる国の住人となって、ただただ静かな光をあびていられるのではないか。そう考えるのだ。

現に、仕事を終えて帰宅する私の姿は、どこか車庫へ急ぐ無人の電車に似ている気がする。三年前に母を失って以来、私は六十近い身で母の残した一軒屋に一人住まいをしている。喜びもなく哀しみもなく、ただ疲れだけを抱いて寝床にはいるとき、

「このまま、目が醒《さ》めなければいいのに」

と思うこともしばしばある。

きしみをあげる老残の肉体を忘れ、恥に満ちた自分の人生を忘れ、自分がかつて存在したことすら忘れ、涼しげな無となる。眠りが訪れるまでのこうした夢想に、いつも重なってくるのが、あの車庫に帰る無人列車のイメージなのだった。

今夜も私はそうして、道の途中で歩みを止めて高架を眺めていた。終電車のライトが高架を照らし、やがてゆっくりと車輛が姿を現す。窓々からこぼれ落ちる光は、粉雪のような粒子となってまわりの闇に降り注ぐ。その窓々を眺めて自分の存在すら忘れてしまう。一日のうちでただひとつの至福の数十秒を私は待っている。

だが、今日は少し何かがちがうのだった。何か異様な感覚が、胸の深いところから湧き起こってくる。私は目をこらして、高架の上をゆっくりと通り過ぎる、遠い窓々を見つめた。前方から四台目くらいの車輛が、その異様な感じをもたらしている原因なのだった。無人のはずの車輛の中に、小さな人影があるのだ。私はポケットから眼

鏡を取り出して、あわててかけてみた。それでも遠すぎてさだかには見えないのだが、たしかに車輛の光の中にシルエットになってひとつの人影が見える。しかもそれは、背の高さから考えて、十歳くらいの子供であるようだった。長い髪を胸元までたらした少女のように思える。その少女は電車のドア近くに一人で立っていて、ガラス窓から私の立っている方角を見ているようだった。さらに不思議な気がしたのは、少女の背後からライトが当たっているためか、少女の長い髪がまっ白に透《す》けて見えていることだった。

家に帰って、夕食の仕度をしながらも、私はまだ胸の動悸《どうき》を感じていた。

「私が見たのは何だったのだろう。私は亡霊を見たのだろうか」

考え続けてみて、一番理にかないそうなことは、実際にあの少女が車庫行きの電車に乗っていた、ということである。

以前に一度、こういうことがあった。私の降りる駅は、阪急の宝塚線の「雲雀丘《ひばりがおか》花屋敷」という駅である。大阪発のこの線の電車は、雲雀丘花屋敷を越えて終着の宝塚まで行くものと、「雲雀丘花屋敷止まり」になるものとに分かれる。「雲雀丘花屋敷止まり」になる列車の最終で、いつも私は帰ってくるのだ。電車はここで客を全て降ろして、回送電車となり、無人のまま例の高架を通って長井車庫へ行くわけである。ただ、最終の電車であるだけに、酔った客が多い。中には正体不明に眠り込んで、終着駅のアナウンスがあっても容易に目を醒まさない者もいる。電車が駅についてから車庫に向かって発車するまでの秒数というのは厳密に決められているようだ。その証拠に、電車が停車したとたんに、列車の最先端と最後端からそれぞれ一人ずつの車掌が、列車の中を中央目がけて走り出す。そこここで眠りこけている酔客を揺さぶり起こして、あるときはひっかついででもホームに降ろさせるのである。私も飲まない方ではないので、年に一度か二度くらいはそうして車掌に揺り起こされることがある。

　ところで、この最終電車に乗っているのは酔客ばかりではない。塾帰りらしき小学生や中学生のグループもよく乗っているのである。一度、三、四人の小学生のグループと同じ車輛になったことがある。やんちゃ盛りの男の子ばかりで、車中でも奇声を発してうるさかったのだが、終着駅のホームに降り立ってからもまだはしゃいでいた。彼らは、車掌が車内を走り抜けて残客のないのを確認し、今まさにドアが閉まるというところで、グループ内の一人の少年をそのドアの中に放り込んだのである。少年が押し込まれたとたんにドアが閉まり、電車は車庫へ向かってゆっくりと動き始めた。中に閉じ込められた少年は、半泣きになって内側からドアを叩《たた》き、何ごとか叫んでいる。ホームに残った少年たちは狂喜乱舞して彼に向けて手を振っているのだ。しかし、駅員は誰一人としてその事態に気づかなかったのだろう。少年一人を乗せた電車は、そのまま静かにホームを滑り出ていってしまった。

その後でどういうことが起こったのか私は知らない。事の次第を見終わって、私はそのまま駅を後にしたからだ。まあ、車庫にだって整備員がたくさんいるのだろうし、何よりその電車を運転している操縦者というのが先端にいるわけだから、さして心配はしなかった。むしろ、少年にとっては、多少のお目玉は喰うかもしれないが、得がたい体験だったのではないだろうか。普通の乗客なら絶対に見られない、終着駅から車庫までの光景を、たった一人で味わうことができたのだから。

そんな事件を目にしているので、私が見た少女もそうしたいたずらの犠牲者だと考えることができる。あるいはあの少女は、運転手その人の娘か何かで、特別のはからいで乗せてもらっていたのかもしれない。車庫から父親と一緒に帰るのだろう。

いずれにしても、顔つきまではわからなかったが、少女はたしかにいた。私の幻覚ではない。いや、もしかすると私は幽霊を見たのかもしれない。私は別に幽霊の存在を否定するものではない。幽霊であろうが実在であろうが、私にとってそれがどうこうということはないのだ。

しかし、もしあの少女が亡霊であるとしたら、どういう死に方をした子なのだろうか。電車にひかれたか何かして、そのまま成仏できずに車輛にとりついているのだろうか。自分がすでに死んでいることにも気づかずに、無人の電車の中からずっと窓の外の闇を眺めているのだろうか。永遠に揺られながら……。

死というものがどういうものなのか、私はあまり考えたことがない。私はあまりにも長い間独りでいたために、人間関係をともにした人の死というものを少ししか見ていないのだ。私が生まれてすぐに父が亡くなった。私を独力で育ててくれた母は、父の思い出を一切話さない人だったので、私の中には父というものの存在が根本から欠けている。

二十歳になってからの私は、母一人が守っている家に寄りつかず、世界中を放浪して歩いた。南米、インド、中東、アフリカ。もちろんニューヨークにもロンドンにも何年か滞在した。行く先々で皿洗いや庭師の手伝いなどをして口を糊《のり》したのである。そうして放浪を続けながらも、私には自分がいずれ文学者として身を立てるようになるのだ、という確信めいたものがあった。放浪が自分の中にそうした作品の核となるようなものを与え続けてくれているのだと信じていた。それらがすべて幻想であったと心底からわかったのは、四十過ぎになって日本へ帰ってきてからのことである。私が書きたかったのは、自分の中の大きな空白のようなものだったのだが、放浪の日々は私自身を巨大なひとつの空白にまですり減らしてしまっていたのだ。私は真空のような存在であり、真空自身が言葉を使って真空を描く、というような構造はあり得ない。私が書くべきだったことは、世界中の砂漠に、密林に、高原に、湿地に、私自身の汗と吐息と舌打ちとなって、すでに世界中に書き込まれてしまっていたのだった。日本に帰って、私は母と二人きりの暮らしを始めた。仕事は、身につけた何ヵ国語かの知識を利用して、ビジネス文書や企画書の翻訳をする作業を選んだ。昼過ぎに会社に出て机に向かい、終電で帰る。そんな生活を十五年近く続けたときに、母が死んだ。

死に水を取っていると、母が何ごとかをしきりにしゃべっているので、私はそっと耳を近づけてみた。この「いなかったも同然」の息子に対して、母が最後の恨み言なりぐさめなりを呟《つぶや》いているのかと思ったのだ。

母はただ、

「まだよ。まぁだだよ」

とつぶやいているだけであった。意識が混濁して夢でも見ているのだろう。母は

「生まれなかった孫」を相手に、かくれん坊でもしてあやしてやっていたのだろうか。

あるいは私が小さかった頃の記憶をたどっているのかもしれなかった。

母が亡くなった後も、私はこうして翻訳の仕事を続けている。私の代でこの一家の血が絶えたことは、私にとってはむしろすがすがしいことだった。もはや私には失うものも得るものも何もない。ただ、日々の単調な暮らしと、ときおりの胃の痛みと、たまの泥酔と、そして終電車を眺めているときのあの透明な喜びがあるだけだ。生きていることにさほどの意味もなかったし、わざわざ死ぬほどの生への嫌悪もない。毎夜、眠りにつくときに、

「ああ、このまま目が醒めなければいい」

と思うのは、たぶんそうした心境のせいだろう。


ふと目が醒めたとき、私は一瞬、自分がどこにいるのかわからなかった。頭の中がひどく澱《よど》んでいる。その澱んだ思考をゴトンゴトンと揺らすものがある。息が熟柿《じゅくし》の匂いを放っている。

「ああ、そうだ。また大酒を飲んでしまったのだ」

会社の後輩に誘われて珍しく飲みに出たのだった。若い者に合わせて一軒二軒とはしごをするうちに大酔してしまったらしい。後輩に肩をかつがれて、終電車に乗せられたところまでは覚えている。そのまま眠り込んでしまったようだ。

「してみると、これはまだ帰りの電車の中か」

私は目を開いた。車内はガランとして誰もいない。終電というのはいつも混んでいるものなのだが。

「どのあたりなのだろう」

私は車窓から外を眺めた。しかし、外にはどうも見なれない風景がひろがっている。いや、正確にいうと、よく見たことのある風景を、まったく違う角度から見ているような、そんな奇妙な違和感があった。

私は重いまぶたをこすって、もう一度車外の光景をよく見た。後方のカーブした線路の向こうに、雲雀丘花屋敷の駅が明るく輝いていた。その下方には、私がいつも帰路をたどる、暗い県道が見える。電車の音が高まって、どうやら高架の上にはいったらしい。

ということは、わたしはいま、終着駅を出て長井車庫へと向かう回送列車の中にいることになる。

「そんなことがあるだろうか。どうして駅員が起こしてくれなかったのだ」

私はあわてて車内を見渡した。皓々《こうこう》と明るい車輌の中には、人っ子一人いなかった。いや、正確にいうと、私以外にもう一人いた。

私から少し離れたところに、十歳ぐらいの少女が一人、ドアを前にしてぽつんと立っていた。少女は窓の外の光景を眺めているようだった。胸元までたれた長い髪が、その横顔のほとんどを隠していた。そしてその長い髪は、老婆のそれのようにまっ白だった。

少女は窓の外を眺めながら、小声で何かを呟いているようだった。

「え、何だって？」

私が訊《き》き返す。少女は今度は小さいがはっきりとした声で、

「まだよ。まぁだだよ」

と言ってクスクス笑った。そして、その白い髪に隠された顔をゆっくりと私の方へ向け始めた。

少女が私に向かって顔を向けきるまでもなく、私にはわかっていた。その白い髪の中に誰の顔があるのか。そして、私がこの電車に乗って、これからどこへ行こうとしているのかも。

夜走る人

私は、夜、走る。

走り始めるのは決まって午前零時の少し前からだ。

古い一日と新しい一日の境目には、見えない紙テープが張り渡されている。そのゴールのテープを、走り抜ける私の風のような肉体が引き切るのだ。

私は闇と静寂の中でたった今産まれたばかりの、柔らかい時間をかきわけて進んでいく。

もう何十年も、毎日こうして夜走っているのである。あの軟弱なジョガーたちや競歩の連中が現れるずっと前から、これは続いている。静まり返った深夜のこの街は、いわば私の帝国なのだ。

この街は、市制六十年くらいの、何の変哲もない小都市だが、私が走り始めた頃からの何十年かで、さすがにかなりの様変わりを見せた。

走り始めた頃にはまだあちらこちらに土の道が残っていたものだが、今はすべての道が、路地裏に至るまでコンクリートで鋪装されている。かわりに小ぶりなビルディングが建っている。駅前の商店街はさびれ果て、撞球場や貸本屋、駄菓子屋などが姿を消して、かわりに巨大なスーパーマーケットができた。

私が走り始めた頃は、夜の街路は十分に暗く、深々とした闇に抱かれている感覚があったが、今では数メートルごとに灯《あか》りが設置されて、闇はどこかの片すみに追い立てられてしまった。

ただ、さいわいなことに、人通りの少ないことだけは昔も今も変わらない。夜中に走っていて、酔漢や一人歩きの女に出くわすのはいやなものだ。お互いにギョッとして、すれちがうときには「憎悪」に近いパルスを感じることもある。

この街には昔からバーや小料理屋が少ないので、夜がひっそりとしている。夜中に走るのにはうってつけの街である。

ただ、ここ十年ほどで街の中にも何軒か、終夜営業のコンビニエンスストア、コインランドリーなどができた。

今、私が走っている道の行く手にも、その一軒が店を開いている。

遠目に見ると、夜の無人の空間の中で、そこだけがこぼれるように透明な光を放っている。涼し気な青い光は、海の中の冷たい太陽のようで、私にある種のノスタルジイを覚えさせる。

夜の中でぽつんと輝いている光は、孤独な人間を蛾や魚と同じように引き寄せる力を持っているのだろう。ここだけにはいつも必ず何人かの人間が群れている。その多くは中学生や高校生の少年である。深夜の一時や二時に、彼らはこっそりと家を脱け出してくるのだろう。店先にしゃがみ込んで内緒話に夢中の少年たちもいれば、車道で自転車のウィリー走法を練習している子もいる。が、多くの少年たちは、店内で漫画の立ち読みに熱中している。

こんなことが彼らのささやかな「夜の冒険」なのだろう。

私は自分がこの年頃だった頃を思い出そうとしたが、さだかな記憶がない。少なくともこういう「夜のオアシス」のような場所は、私の頃にはなかった。夜は、足の届かない海の底のように、何かしら得体の知れない恐怖を孕《はら》んでいたのだと思う。その闇の中へ一人で出ていく試みをした覚えはほとんどない。おそらく私は、明るい部屋の中でラジオでも聞いているような、臆病な少年だったのだろう。

私は少し熱気をもってきた体を涼ませるために、コンビニエンスの中にはいることにした。別に何を買うわけでもないので、足は自然に雑誌の棚の方へ向かった。

その一隅では、十五、六くらいの少年が二人、立ち読みをしていた。一人はバイクの雑誌を開き、もう一人はプロレス雑誌を手にしている。

プロレス誌のカラーグラビアに見入っていた少年が、もう一人にその写真を示して話しかけた。

「ほら、これが例のバックドロップの写真だよ」

「〝例の〟って？」

「後藤が馳《はせ》選手にかけたバックドロップだよ。この試合の後で何分かしてから、馳は急に気分が悪くなって、そのまま倒れちゃったんだ。そのときさ、何十秒間かだけど、心臓が停《と》まってたんだって」

「ああ、あのときの写真がこれか」

「ほら、首がこんな角度でマットに落ちてる」

「あぶないよなあ。普通の人間だったら、絶対に死んでるよな」

「そういえば、また出たんだよな、プロレス通り魔？」

「え？　ほんとに？」

「え、知らない？　今日の夕刊に出てたし、とうとうテレビニュースにもなったんだぞ」

「ほんとかよ。どこに出たの？」

「栄《さかえ》通りのさ、ほら、ペットショップがあるじゃない。あそこの手前」

「また〝突っ張り〟がやられたのか？」

「うん。附属高で番張ってた奴らしいんだけどさ、今度はバックドロップじゃなくて、後ろから急にラリアート打たれたんだって。で、前へ倒れちゃったんだけど、鋪道のコンクリートに頭ぶつけてさ、けっこう大ケガらしいよ」

「へえ。しかしよお、通り魔にしても、よっぽどプロレス好きな奴だよな。毎日練習してないと、バックドロップなんて素人がかけられないもんな」

「きっと、どっかの大学のレスリング部か、プロレス同好会の奴だよ。警察もその線で動いてると思うな。俺は」

「ひょっとして、お前が犯人じゃないのか？　お前、昔っからプロレスマニアだもんな」

「よくわかったね、明智くん。そう、僕が犯人だよ」

「よく言うよ。ヒョロヒョロの腕で、鉄棒の逆上がりもできない人間が」

「なにをっ!?　よし、チキンウィング・アーム・ロックだっ」

「いてて、バカ、やめろよお」

貧弱な体つきの少年たちがプロレスごっこをやり始めた。レジの女子店員がうんざりした顔でそれにちらっと目をやる。慣れっこなのだろう。その気になればこんな少年の一人や二人、平気でつまみ出しそうな女丈夫である。

少年たちが話しているのは、最近この街で話題の中心になっている「通り魔」事件のことだ。これはここ何十年間かで、この街に起こった唯一の「事件」といってもよかった。

夜中に一人歩きをしていた高校生が、今までに三人犠牲になっていた。いずれも学ランを着てのし歩いているような、いわゆる「突っ張り」少年だった。

一人目も二人目も、いきなり背後から組みつかれてバックドロップをかけられた。コンクリートに後頭部を強打して、死なななかったのが不思議なくらいだが、さすがにいずれも重態である。

三人目の犠牲者は、さっき少年たちが話していたような顛末《てんまつ》だったらしい。三人とも背後から襲われたうえ、一瞬にして失神しているので、犯人の風体などは一切わかっていない。

この街はどちらかというと、平和過ぎるくらい平和で、半ば眠《なか》ったような街だったので、住人はショックを受けている。

そういえば、ここ数年、この街でも若者たちの荒れ具合が少しずつ目立つようになってきた。

コンビニエンスにたむろしているこの少年たちなどはかわいいもので、不良の卵とも呼べないが、もっと元気がよくて悪い連中が擡頭し始めている。街中には、いわゆる暴走族のチームが三つか四つはあるようだ。そのほかに、各高校で番を張っている硬派の集団がいる。シンナーを吸って補導される少年少女もかなりの上昇カーブで増えているらしい。一見静かなこの街にも通り魔が出現する土壌は十分にできていたのだろう。

夜中に走るということは、私もそいつに出くわす可能性がおおいにあるわけだ。

かといって今さら走るのをやめようとは思わない。むしろ、その通り魔がどんな奴か、一度会ってみたい気さえする。

走っているときの私は、なぜか自分を無敵の王者のように感じてしまうのが常なのである。いわゆるランナーズ・ハイというものなのかもしれないが、鬼でも蛇でも持ってこいという勇壮な気分がある。事実、何者も私の走りをさまたげることはできないのだ。そのことについては私なりの根拠と自負がある。

コンビニエンスストアを出た私は、また走り始めた。

突きあたりのT字路を右へ折れて、市の中心部に向かう方向をとる。その方向へ二十分ほど走ると、大きな公園と市営グラウンドに行き当たることになる。公園の緑の中をひとまわりするのが私の一番好きなコースである。

公園へ行きつくまでの道は、昼間は車も人も多くにぎやかだが、夜は実にひっそりとしている。

暗く静まり返った鋪道に、私の足音だけが正確なリズムをとって響く。

しばらく行くと、前方に一軒だけ灯りの点《とも》っている店がある。その前を通り過ぎながら、私はその店の半開きになったガラス戸に視線をやった。

「また開いている」

私は不思議な気持ちにとらわれた。

その店は簡単な大工道具と塗料を商っている店だ。半ば開いたガラス戸には、

「木工用具、金具、ペンキ、壺井商店」

と大書されている。

私がこの店の前を通るのは、たいてい夜中の一時半くらいになるのだが、不思議なことに、いつでも店が開いているのだ。店内にはこうこうと灯りがつき、曇りガラス

の戸は半開きになっている。ここ三年ほどは、閉まっているのを見たことがない。いつからこの店があるのかは知らないが、三年前まではいつもシャッターがおりていたので、こんな店があることにさえ気づかなかったのだ。

夜中の一時半に、どうして大工道具の店が開いているのか、私には不思議でならないのだった。夜中に道路工事やガス・水道管の工事が行なわれることはこの街でもよくある。そういう工事のための特殊な需要が、夜中にもあるから開けているのだろうか。しかし、ああいう工事は、プロがプロ用の機材を使ってするものだ。夜中にペンチがないから買いに行こうというようなことが、そうそうあるとは思えない。それらしき人間が出入りしているのを目撃したこともない。どうも合点がいかない。

私は毎度のことに、首をかしげながらこの店の前を通り抜けるのだった。

ただ、こんな当たり前の街にも、探せば不思議なことはいくらでもあるのかもしれない。

夜中に開いている大工道具屋も不可思議なら、プロレス技で襲いかかる通り魔も奇怪だ。あるいは、夜中に一人で走っているこの私の存在だって、人から見れば異様なのかもしれない。

不思議といえば、いま私が向かっている公園のあたりにも、謎の人物が一人住んでいる。

この人は、六十過ぎの男性なのだが、やせて髪もひげも伸ばし放題に伸ばしている。垢《あか》じみてボロボロになった服を着ているが、これはどうやら昔はスリーピースのスーツだったようだ。要するにこの老人は「浮浪者」なのだが、昔はどこかの企業のサラリーマンだったらしい。その証拠に、彼がいつもバンダナのように頭に巻いているのは、よく見ると「ネクタイ」なのである。

この老人の不思議なところは、彼が「車に住んでいる」ということだ。彼は、公園と市営グラウンドを隔てている砂利を敷いた空地の大木の下に、いつも自分の「家」であるカローラを停めている。

そのカローラはかなり古い型のもので、見るも無惨なくたびれ方をしているが、まだ立派に動くらしい。それは、ときどきその場所にカローラがいない日があることから察せられる。老人がその間、どこに行って何をしているのかはわからない。が、たいていの場合、老人はその場所に車を据えて、そこで生活している。

車の中は、運転席が水平になるまで倒されて、右半分が「ベッド」になっている。

左半分には、鍋や釜、什器類、衣服などの生活用品が、きちんと整理されて積まれている。トランジスタラジオに小型のテレビまであるのだ。

老人が車を置いている空地の端には、公園のトイレがあるから、そこで用を足し、水道の水を得ているのだろう。

私がそこを通る頃には、老人はいつも車の中で眠っている。私はときどきそっと覗《のぞ》いてみるが、老人はどこかつらそうな顔つきをして眠っている。ときには半眼を見開いて、口の中で何事かをぶつぶつつぶやいていることもある。

私はこの老人に、なぜか少なからず好意をいだいていて、勝手に「車さん」と呼んでいるのだった。もちろん私は車さんと話をしたことはないし、彼がどういう事情でこのユニークな暮らしを始めるようになったのかも知らない。興味はあるが、それこそ余計な詮索というものだろう。

走り続けるうちに、周りの空気に緑の匂いが濃くなってきた。公園に近づいたのだ。

やがて、闇の中に車さんのカローラがぼんやりと見えてきた。

一瞬、私の脳裡には車さんのあのつらそうな寝顔が浮かんできたが、今日は何か気配がいつもと違うのを感じた。

車さんのカローラの周りに、何人かの人影が見え、それがざわざわと動いていた。

〝ぼふっ、ぼふっ〟という、鈍い音、それにかん高い笑い声が人影の輪の中からたちのぼった。

「もっと蹴れ、もっと蹴れ」

という、青っぽい少年の声がした。

「おおぜっ、おおぜっ」

と聞こえる、老人のしゃがれたうめき声がする。

私はそっと近寄っていった。

四人の少年が、車さんをカローラのベッドから半分引きずり出し、蹴りを入れている最中だった。

少年たちはまだ十七、八歳のガキ面だったが、そのうちの二人は髪の一部を金色に染め、鋲《びょう》のついた革ジャンパーを着ていた。

車さんを蹴っている靴にも、何十本という鋲が打ち込まれていて、その靴自体は先にカブトのような形の強化プラスティックが埋め込まれた、作業用の「安全靴」だった。

ビニール袋を手にした青白い少年が、その袋をときどき鼻先に持っていきながら、タップのようにステップを踏んでいた。見ると、四人のうち三人までが、同じようにビニール袋を手にしていた。残りの一人はコーラの缶を持っていて、それをときどき嗅《か》いでは、

「もっと蹴れ、もっと蹴れ」

　と、裏返った高い叫び声を発していた。

　シンナーの匂いが、あたり一面にたち込めている。エーテルで麻痺《まひ》して半狂乱になったガキどもが、車さんを面白半分に蹴りまわしているのだ。

　車さんはカローラから半身を引きずり出されて、両腕で頭をガードしたまま、

「おおぜっ、おおぜっ」

　と、奇妙なうめき声を立てていた。口と鼻から幾筋もの血が流れ出ていたが、それよりも髪の生え際の近くにパックリと傷口が開いており、そこから大量の血が流れ出していた。

「もっと蹴れ、殺《や》っちまえ」

　と、コーラ缶を手にした少年がわめいた。

　安全靴で背のあたりを踏みつけられた車さんは、一瞬ぴくりとのけぞった後、白っぽい液体を大量に吐いた。

「うわっ、こいつ、吐きやがった。きったねえ」

　車さんの吐瀉物をジーパンのすそのあたりにひっかけられた長身の少年は、いまいましそうに叫ぶと、車さんの喉《のど》のあたりにキックを一発入れた。車さんは、

「ひゅっ」

と笛に似た音を出してのけぞった。ゲロをかけられた者以外の三人の少年は、それを見て大笑いした。

私は連中の背後三メートルくらいのところに立って、じっとこの様子を見ていたのだが、誰も私の存在に気がつかないようだった。

私は事実、怒りのあまりに一種の「気の渦」のようなものになっていて、それが私の存在の気配を消してしまっていたのかもしれない。

車さんが地に伏したままぴくりとも動かなくなると、少年たちはさすがに興奮から醒《さ》め始めたようだった。だがシラフにもどったわけではない。依然として乳首を求める赤ん坊のように間断なくシンナーを吸い続けながら、倒れて動かない車さんを面白そうに眺めた。

「おい、動かないぜ」

「死んじゃったのかな」

「おい、じいさんよお、死んじゃったのかよお」

「死んでる人間が死んでますって答えるかよ。バカ」

「お前、胸に耳あてて、心臓が動いてるかどうか聴いてみろよ」

「やだよ、俺。このじいさん、ゲロだらけなんだもん」

「それよか、誰かこないうちに早く行こうよ」

「そうだな。死んだかどうか、明日のニュース見りゃのってるもんな」

「ばぁか。こんなじいさんが死んだって、新聞なんかにのるかよ」

「とにかく、行こうや」

「俺、お前んちに泊まる」

「勝手に決めるなよな。ウチは今日まずいよ。大将んとこ行こうや」

少年たちは、てんでに勝手なことを言いながら、足早に去っていった。驚いたことに、コーラ缶を持っていた少年は、自分の革ジャンを脱ぐと、後ろ向きに進みながら革ジャンで地面をはたいて自分たちの靴跡を消していったのだった。かなりこういうことに手慣れたガキどものようだ。

車さんは少年たちが去るとすぐに、

「おおぞっ、おおぞっ」

とうめき始めた。どうやら失神したふりをして痛みに耐えていたらしい。

私はゆっくりと車さんに近づくと、まずその額に手を当てて「気」を放った。

次に蹴られた背骨の部分に掌《てのひら》をかざし、複雑によじれたヒモのようになっている気の流れをほどき直した。最後に車さんの喉の部分を診《み》たが、さいわいここには経絡の乱れは起こっていなかった。

うなっていた車さんの顔に血色がよみがえってきた。半眼に開かれた目は、それでもまだ焦点を結んでいなかったので、私は左右のまなじりのツボと松果体に通じるツボに気を通して、近づけた私の顔が車さんに見えるように按配《あんばい》した。

「痛みますか」

と尋ねると、車さんはその言葉がバネの役でも果たしたかのように、ぴくんと起き上がった。

「まだ、痛みますか」

と、私は重ねて尋ねた。

「こどもがあんなに強いとは思わなかったな」

と、車さんは私を見て言った。

「ひどいガキどもですね」

と私。

「いや、いつかは来ると思ってたんだ。スポンジ地球には余剰が多いからな。いつかはああいう者が奥から出てくるとは思ってたんだが」

「はあ?」

「『ほんざず』の空体の中にいると、我々は転移が遅くなるからな。ついついああいうものに出会ってしまう。ことに僕のようにいつも『えくおとさず』をしてると、匂いで嗅ぎつけてくるんだろうな」

「はあ」

「とにかく助けてくれてありがとう。ま、次の襲撃があるまで、私の家にはいりなさいよ」

　私は、車さんの家であるカローラの中に、初めて招待されたのである。これを僥《ぎょう》倖《こう》と言わずして何と言おう。

　ただ、前にも述べたように、車さんのカローラの車体左半分は生活用品で埋まっている。したがって、右半分に二人はいるしかない。

　車さんは、いつもはベッドにしている運転席を九十度に折り立てて、自分は後部シートに座り、私を運転席に座らせた。つまり、お互いに顔を見合わせない状態で、私はバックミラーで車さんの顔を見ながら話をしたわけである。

　車の中はなぜか磯臭い、潮とヨードの香りに満たされていた。

　私はそれから二時間ほど、車さんとの会話を楽しんだ。楽しんだというよりは夢中になっていた、といったほうが正しいかもしれない。

車さんは、我々の言葉で言うところの「気違い」だった。車さんは我々とはまったく別の次元、別の法則の世界に生きているのだが、ときたま車さんの落とした影が、我々の世界の人間存在に見まがわれてしまうのだった。

しかし、「我々」とは誰のことなのか。

私は少なくとも自分が「我々」の一部であると断言する自信はない。私にはどうも、私が「我」ではなく、ましてや「我々」の一部ではあり得ない。そんな気がするのだ。「我々」という言葉を口にできる人の幸福を私はうらやみ続け呪い続け、けいれんする体をどこかへ移動させるために夜を走り続けてきたような、そんな気すらするのだ。そんな私にとって、車さんの言葉のひとひらひとひらは、大地に浸《し》み込む水のようだった。

車さんの住んでいる世界というのは、つまりこういうことなのだ。

車さんが存在している空間全体は「ほんざず」と呼ばれる宇宙である。その広大な宇宙の中の「スポンジ地球」の上に車さんは住んでいる。このスポンジ地球は、もろくてふわふわしているうえに「恩愛」の観念に欠けている。穴がたくさんあいているのはそのせいである。人間はつねに穴と穴の間の「へり」を歩かねばならない。おまけにスポンジ地球の中心からは、「ほんざず」から逃れてきたいろいろなものが、ともすれば穴をつたって這《は》い上がってくる。これから逃れるためには、穴のへりの場所を避けて転移するか（たまに車さんはカローラを動かして転移するのだそうだ）、もしくは「えくおとさず」をするしかない。

「えくおとさず」は、一種の呪術儀礼なのだが、これを人に説明するのはむずかしい。日によってやることが違ってくるからだ。

ある日の「えくおとさず」は、特定の木の枝の影を踏まないことであるし、次の日にはもう変わっていて、警報音の鳴り出した踏み切りを駆け抜けることだったりする。この見分けがむずかしいので、車さんの知人は何人も亡くなっているそうだ。

「えくおとさず」は車さんが朝いつも聞くラジオ電波の「裏」を読めば簡単にわかるのだが、最近は妨害電波でいたずらをするものがいるので、そのために何人も死者が出たらしい。

今日、車さんを襲った若者たちも、スポンジ地球の奥から穴をつたって這い登ってきた連中にちがいない。それを予知できなかったのは、ラジオの電池が弱っていて「えくおとさず」を聞きまちがえたのだろう。

「電池さえあれば、僕は百万年でも大丈夫だよ」

　そう言って車さんは笑った。〃ひえっ、ひえっ〃というような音の、あまり「笑い慣れてない」人の笑い方ではあったけれど。

「しかし、そう穴の底からいろんなものが出てくるんじゃ、スポンジ地球はあまり住み心地がいいとは言えませんね」

　と、私は尋ねてみた。

「いや、そんなことを言うが、きみ。スポンジ地球から逃れるということは、〃ほんざず〃の空体から裏返らんといかんのだから、これは〃そざま返り〃をせんといかんのだ。〃えくおとさず〃は毎日の精進でできるが、〃そざま返り〃をしたら僕一人はいいとして、後に残ったものの〃えくおとさず〃が、みんな少しずつずれてしまうことになるんじゃないのか」

「ああ、そうなんですか」

「せめて、スポンジ地球にいま少しの恩愛の観念があればいいのだがな」

　車さんの住んでいる世界は、つらい世界だった。「スポンジ地球」の穴のへりでうまく生きるために、車さんは毎日「えくおとさず」を行ない、どうしようもないときは他所《よそ》に転移して嵐をやり過ごすのだ。

　いっそのことこの苛酷な「ほんざず」空体から「そざま返り」をして裏返ればいい

のだが、それでは他の人の「えくおとさず」に「ずれ」が生じて迷惑がかかる。だから今日のように半殺しの目にあうようなことがあっても、車さんは「スポンジ地球」に残る、と言うのである。

私には、彼のためにできることは何も残されていなかった。畏敬の念を込めて深く礼をすると、私はそのでこぼこになったカローラを後にした。

公園の緑の中をひとまわりしてから帰る、というのが私のいつものコースだったが、その日はまっすぐ帰ることにした。

車さんの件で思わぬ時間を喰ったために、もう明け方まであと一時間しかない。急がねばならなかった。

私はピッチを上げて走った。

ほどなく、例の大工道具屋が近づいてきた。

さすがに店は閉まっているようだ。

それでも、ガラス戸の中に薄明りがさしていて、人の動く影のようなものが見える。

私はその一瞬、車さんの言葉を脳裡によみがえらせた。

「『ほんざず』の空体の中にいると、我々は転移が遅くなるからな。ついついあいうものに出会ってしまう。ことに僕のようにいつも『えくおとさず』をしてると、匂いで嗅ぎつけてくるんだろうな」

私は対向二車線のその道を横切ると、店の前に立った。

「木工用具、金具、ペンキ、壺井商店」

と書かれた曇りガラスの戸を、私はしばらく眺めていた。

曇りガラスの内側からは、青いぼんやりとした光がこぼれている。

私は戸に手をかけた。するっとそれは動いた。鍵も何もかかっていないのだった。

店の中にはいった。

奥行き一間《けん》ほどの店内に、カウンター状のショーケース。その中に各種のペンチやレンジ、ノズル、ナット、パイプなどが収められている。

壁の一方には日曜大工のセットや、電動ドリル、チェインソウなどが吊るされていた。そしてもう一方の壁にはペンキ類、木工用パテなどが積み重ねられている。

店の中にはいったとたんに、ツンと鼻をつく異臭が漂ってきた。さっき、公園で嗅いだばかりの匂い。シンナーだ。

ショーケースの後ろにまたガラス戸があり、シンナーの匂いと光はそこからもれているのだった。

私はその戸に近づくと、四センチほど開いた隙間《すきま》から、部屋の中を覗き込んだ。

八畳ほどの和室だった。

その中に五人の人間がいた。

四人はさきほど公園で見た少年たちだった。

四人とも丸裸で、各々《おのおの》シンナーのはいったビニール袋を手に寝そべっている。

その中央に、中年の太った男が一人胡座《あぐら》をかいていた。上半身裸で、下には黒いジャージを着ている。乳と腹がみにくく垂れ下がったこの男は、頭頂部が薄くなっているにもかかわらず、背中の半ばまであるような長髪だ。それをいくつもの小さな三つ編みにして胸や背に垂らしている。

この男もやはりシンナー狂いのようだった。レコードジャケットのビニールパッケージにシンナーを注ぎ、右手でその袋口をしめては深々と吸い込んでいる。

「た、た、た……大将よお」

少年の一人が話しかけた。口がもういうことをきかないようだ。

「なんだ」

男が答える。

「吸っちゃったからよお。ね？　もおちょっとらけ、ね？」

「も、やめとけ、足腰立ってねえくせによ。ロレツもまわってないじゃないか」

「らから、もうちっとらけ。ね？」

「だめだよ。死んじゃうよ、お前」

「死なないから、もうちっとらけ。ね？」

「バカ。お前、次から次に客連れてくるのはいいけど、お前の連れてくるのはみんなお前とよく似てるよ。性格《たち》悪いよ。アンパン代貯めてどうすんだよ。え？　トルエンだってよ、俺は元手払って扱う資格取ってんだしよ。え？　金も払わねえ客ばっかり連れてきて、でかいツラすんじゃないよ。こっちは客が増えるほどやばくなる一方なんだからな」

「ふん。金持ってない客の方が好きなくせに」

「なにを？」

「アンパンのエサで男の子釣って楽しんでるくせしてよく言うよ。このラリ中のど変態」

「こいつ」

中年男はシンナー袋を先っぽでキュッとくくると、壁際のオーディオの上に置いた。

それから猛然と、口答えした少年に襲いかかっていった。

どちらもシンナーのせいで体が痺《しび》れているのだろう。それは実に締まりのない、スローモーションのレスリングだった。

他の三人の少年はこんな騒ぎにも無関心だ。二人はトロンとした目でシンナーを吸い続けている。残る一人は白目をむいて昏倒しているのだ。

中年男が少年を押さえ込んだ。

見返す少年の目は、もう焦点が合っていない。男はそのまま顔を寄せていくと、少年の蒼《あお》ざめた唇にねっとりとしたキスをした。その唇は、そのまま徐々に下へ下がっていき、少年の乳首やわき腹、ついには林の中で萎縮している小さな動物を探し当てる。

私はこの光景を眺めていた。

いまだかつて、これほど冷たい視線でもって物を眺めたことはないような気がする。走り続けていればよかったのだ。

私が走るのは、一点に留まって物事の推移を見ずにすむのが快かったからではないのか、流れる水は腐らない。流れない水は腐っていく。しかし、流れる水にとって、流れの中で垣間見るとどこおって腐った水たまりは一瞬の通過点に過ぎない。

いつも動いていること、走っていること。それが私を清浄の中に保っていてくれる唯一の法則だったのだ。

だが、今夜私は見てしまった。歩みを止めたために、いつもなら通り過ごすだけの、この店の「謎」を。腐蝕した風景を。

主人は、ペンキ溶剤であるトルエンを不良どもに売るために、深夜まで店を開けていたのだ。

おまけに、男色者である彼は、エーテル販売の代金よりもむしろ不良少年たちの肉体を目当てにしていたのだ。

そして、エーテルに狂酔した少年たちは、面白半分に車さんを半殺しにした。もちろんそんなことは彼らの日常の「お遊び」のひとつに過ぎないのかもしれない。

車さんの「えくおとさず」の呪儀が何の役にも立たなかった奴ら。「スポンジ地球」の奥の奥から、穴をつたって這い登ってきた邪悪な奴ら。

考えれば考えるほど、蒼白い怒りが私の中にこみあげてきた。こいつらをやっつける方法を、車さんはきっと知っているにちがいない。知ってはいても、車さんはきっとその方法を使わないだろう。

「そざま返り」をすれば自分が裏返れるのに、他の人に迷惑がかかるからできない、と言う車さんだ。自分があれほど不良どもに痛めつけられても、自分の「えくおとさず」が不備だったせいだ、と言う車さんだ。こいつらを「避ける」方法は語っても、「消去する」方法は語らないに決まっている。

こうなれば、私は私なりの方法で決着をつけるより仕方がないだろう。

車さんは私のやり方に反対するかもしれない。しかし、私はこう言おう。私は車さんの属している「ほんざず」空体の人間ではない。

私は……私は……とにかくそれ以外の空間に属する住人なのだ。

私は再び、部屋の中に視線を集中した。

シンナー密売人の店主は、少年の腰をかかえて肛門性交を試みているところだった。が、いかんせん、エーテルの過剰な吸引のために剣は役に立たないようだった。

尻をかかえられた少年はかまわずにシンナーを吸い続けている。残りの三人は丸裸のまま、もつれあって眠っている。

おそらくは、このペンキ売りの親父の店で、三年間にわたってくりひろげられた狂態の、これはほんのひとコマであるにちがいない。

私は戸の隙間から一メートルほど離れた。

四センチほど開いたその隙間からもれてくるエーテルの匂い。何かをなめる音。温《うん》気《き》。

そうしたすべての「導火線」に対して、私は意念を集中した。

そして、脚は「空走り《からばし》」を始めた。大地の同じ点を蹴って、脚の動きはどんどん加速していく。発電機のモーターのように私の脚は動きを速める。

加速度が限界に達したとき、私の脚と地面の間に、不可視の蒼い火花が散った。

それは瞬時にして、この家中を満たしていた可燃性のエーテルに引火した。

家屋は、燃えた、とかそういうなまやさしい状態ではない。さながら、家屋自体が一個のパイナップル爆弾でもあったかのように、一瞬にして炸裂し、霧散したのだった。

私？

私はそんなものに吹っ飛ばされるほど柔《やわ》ではない。前にも言ったとおり、走っているときの私は、無敵の王者なのだ。

ずいぶんにぎやかな夜になってしまった。

後方にワンワンと消防車や救急車のサイレンが鳴り響く。

かなりの爆発音がしたのだろう。それまでまっ暗だった家々にパッと灯りが点り、パジャマ姿の男や女、学生や子供がワラワラと道にあふれ出した。

連中は先を争って火の手の方へ火事場見物に走っていく。

逆へ逆へと走っていくのは私一人で、何だか変な具合になった。

だが、人々は椿事《ちんじ》に飢えているのだろう、逆方向に走っていく私の存在などには目もくれない。

何分か走ると、さすがに人の流れも途絶えた。

それにつれて私は走りのペースを落とす。

何という夜だったのだろう。何十年もこの街を走っていて、これほど力を消耗したのは初めてのことだった。

しかし、もうすぐ夜が明ける。このまま夜明けに向かって走り続け、いつものように薄明の中で意識を溶かしていきたい。ガスになりたい。

うっとりとして走っていた私は、一瞬我に返った。

誰かが私の後をつけてくるのだ。

錯覚ではない。こだまのように私の足音を反復する足音がたしかにする。

私は少し速度を上げてみた。

後ろの足音もやはりピッチを高める。

いや、むしろどんどん速度を上げて私に追いついてくるようだ。

その足音が近づくにつれて、私の後頭部に照射される、激しい殺意のようなものが感じられた。

「通り魔？」

この夜、初めて私は恐怖の感情を覚えた。

私は全速力で駆けた。しかし、相手はよほど若くて体力があるのだろう。距離はどんどん縮まっているようだった。ついには、相手の、

「はっはっふっふっ」

というリズミカルな息音が私の肩口のあたりにまで近づいてきた。

私は振り返った。

スキー帽で顔をおおった黒い人影が、ほんの五十センチくらい後ろまで迫っていた。右腕を胴に垂直にかかげて猛然とダッシュをかけてくる。ウエスタンラリアートで、私の首を狩ろうとしているのだ。

私は必死の力で走り、突き当たりのT字路を左に折れた。

とたんに、私の全身はオレンジ色の光に包まれた。

夜明けの曙光がさしている、その光の足の中に私はとび出してしまったのだ。

全身が痺れて私は立ちすくんだ。

急に私が止まるとは思ってもみなかったのだろう。追跡者は鎌のような型に右腕をかざしたまま、全速力で私の体を通り抜けた。

太陽の光をもろにあびたその瞬間に、私の体は実体を失って、ガスのように稀薄になっていたのだ。

追跡者はつんのめって三、四歩たたらを踏んだが、その人影が振り向くまでの一、二秒の間に、私の体はすでに不可視のものになっていた。

「あれ？　おっかしいわねえ」

通り魔はスキー帽を脱いで、こちらを凝視しつつ、何度も目をパチパチさせた。

さっきのコンビニエンスストアでレジをうっていた、がっしりした体つきの女の子だ。

彼女がいま私の体を通り抜けた瞬間、私は彼女の思考の全てを読み取った。

この子はかつて高校でスケ番を張っていたのだが、さっきの大工道具屋で悪ガキども、およびあの店主にレイプされたのだった。

彼女はその後、女子プロレスの練習生になって必死のトレーニングを積んだ。

今年の秋のデビュー戦が決定して、その前に「落としまえ」をつけるべく、この街に舞い戻ってきたのである。

私は朝もやの中に拡散していきながら、考えた。

ではなぜ彼女は私を仇敵とまちがえて襲ってきたのか。

思い当たることがあった。

私は一九六八年に死んで、それ以来、夜になるとこの街を走っている。

つまらないドラッグの過剰摂取で私は死んだのだが、そう言えばヒッピーだった私は髪を長く伸ばしていた。おまけに頭頂部はかなり薄くなっていた。

つまり、走る私の後ろ姿は、あの大工道具屋のオヤジによく似ていたのにちがいない。

もうそろそろ成仏する潮時なのかもしれない。拡散する意識の中で私は考えた。

しかし、もう一夜二夜は見おさめに夜のこの街を走ってみたい。そんな気もする。

脳の王国

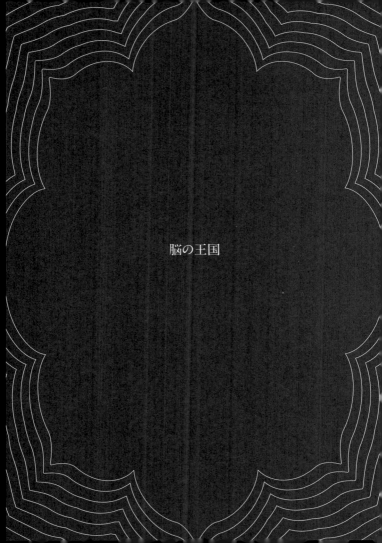

二時間も歩きまわって、延川《のべかわ》夫婦がもはや諦《あきら》めようとしたところで、目的の店が忽《こつ》然《ぜん》と目の前に現われた。

築地魚市場の周囲に櫛比《しっぴ》する、鮮魚屋、食器屋、厨房用品屋などの群れの中で、その店はひっそりと眠るがごとくにして在った。延川夫婦が一度はその前を通りながらもそれと気づかなかったのは、店の造りそのものが、なるべく目立たないことを望んでいるかのようにしつらえられているためだった。

「まちがいない。加持食品店。ここだよ、母さん」

延川俊吉は疲れた表情で、店の小さな看板を見上げた。

「でもあなた。こんな小さな店なの？　ただの乾物屋さんじゃないの。こんな店のご主人がほんとに……」

延川逸子は不安を隠しきれない面持ちだ。

「とにかくはいってみよう」

加持真平は、乾物の山の中で、半眼に目をとじ、恍惚として微笑《ほほえ》んでいた。店の中にあふれる干魚、海草類から、物質の記憶が流れ出して店中の空気を染めていた。加持真平は居ながらにして「海の中」にいたのである。ダイバーのように、海中の異世界を眺め続けるのは時を忘れる歓《よろこ》びだった。

幸か不幸か、この店には滅多に客もこないため、想を破られることも少ない。ただ、加持真平の店の商品は、彼の目の利いた極上の干物ばかりなので食通の中には知る人も多かった。店頭での販売よりも、この店は全国に散在する個人客への地方発送で成っているのである。

「ごめんください」

上品な声が加持真平を海底世界から引き戻した。半眼微笑の仏相を解いて目を開くと、店の入り口で所在無さげにしている中年夫婦の姿があった。真平は、心の中で、開かれた〝他心通〟の力の扉に〝閂《かんぬき》〟をかけた。

「はい、いらっしゃいませ。何かお探しですか」

延川俊吉は、がっかりした想いでこの店主を眺めていた。どう見てもこの男は〝乾物屋のオヤジ〟以外の何者でもない。前頭部の淋しくなった小肥りの四十男。いや、五十に手が届いているのかもしれない。俗に言う「福耳」で、顔色は浅黒く、小鼻がどっしりと胡座《あぐら》をかいている。三白眼《さんぱくがん》だ。ただ、その小さな目はおだやかで澄んだ光をたたえている。それにしてもこんな男にその「能力」があるとはとても思えなかった。

「どうぞ、見ていってくださいよ。利尻昆布の最高のがはいってますよ。料亭に買い押さえられて、皆さんの口にゃめったにはいらないような上物ですよ。貝柱もいいのがはいった。干しナマコもね。こいつはちょっともどすのに手間がかかりますがね。うまいもんですよ」

「あ。いや。買い物にきたのではないんです。ご主人に会いに、鎌倉から来たものでして」

「私に会いに？」

加持真平の目に、一瞬強い光が宿った。

「真言宗覚悟寺の井手恵心師に先生のお話を伺《うかが》いまして」

「いや、先生はよしてくださいよ。乾物屋の大将が先生と呼ばれた日にゃ世も末ですよ。そうですか、恵心師に聞かれて。長いこと会っとらんが、あの破戒坊主、元気でやっとりますか」

「はい」

「で、ご用というのは」

「は。先生は、その……」

「先生は勘弁してくださいって」

「あ、すみません。加持さんはその……」

「読めますよ」

「ほんとうに、人の心が読めるのですか」

「読めます。新聞読むのとおんなじようなものです」

延川逸子が、恐る恐る口をはさんだ。

「でも……」

「ああ、奥さん。おっしゃりたいことはわかるんですよ。このオカルトブームのご時世に、どうして乾物屋のオヤジなんかやってるんだっていうんでしょ？　ほんとうにそんな能力があるのなら、テレビなり雑誌なりに出て騒がれてるはずだ、と」

「いえ、そんな」

「いや、いいんです。そう思うのが普通だ。だがね、私は自分のこんな能力のことは隠しておきたいんですよ。公言すれば面白半分の連中が押しかけてくる。マスコミで見世ものにされる。大学の実験室で退屈なテストをやらされる。おまけに友人や家の者からも薄気味悪がられる。誰だって、人に自分の心の中なんか覗《のぞ》かれたくありませんからね。心と心が隔てられてるってのは、人間にとっては最後の救いでもありますからね」

「それはわかりますわ」

「そんなわけで、私は一切この力を外に出さないようにしてるんですよ。今だって、心の中で閂をかけてます」

「かんぬき？」

「力を封じてるわけです。力の扉をあけっ放しにしてると、いろんな人の想念がはいり込んできて気が狂いそうになる。ましてや、知らない方がよかった他人の秘密まで頭にとび込んでくる。知らぬが仏とはよく言ったもんで、私はずっと閂をかけてます。それはもう十歳くらいからそうです」

「その閂をはずされるというのは、どういうときなのですか」

「たまに、商売で使うくらいですな」

「商売で？」

「ええ。仕入れのときにね。築地市場の塩干商とは信頼関係で成り立ってますし、干魚は私の故郷の和歌山との直取《じか》り引きで。それに自分の目利《めき》きにも自信ありますから、ほぼ、九九パーセントそんな力を使う必要はない。ただ、カラスミだの熊掌だの、高価なものを仕入れるときには、それなりの駆け引きというのもあるのでね。たとえばこれ、この燕《つばめ》の巣が、海南島産のちゃんとしたものかどうか。産地をいつわった上にふっかけてきてないかどうか。そういうことを確かめるのに、ちょっと二秒ほど閂をはずすことはあります」

「はあ」

「あと、たまにあなたがたのような人が、どこから聞いたか尋ねてくることがある。誰それの心を読んでほしいという依頼です。申し訳ないが、たいていはこれもお断りします。ほぼ、十中八九、夫か妻の浮気をたしかめてほしい、という依頼なんでね。そんなことは探偵社のやる仕事でしょう。他人の家庭の泥沼で泳ぐのはまっぴらごめんなんですよ、私は。だから、せっかく来ていただいたのですが、あなた方のご依頼もたぶんお受けできない。気を悪くなさらずに、うまい干物でも買って帰ってくださ い。安くしときますから」

「いや、そうおっしゃらずに、私どもの話だけでも聞いてください、先生」

「先生は……」

「あ、すみません」

「いや、覚悟寺の恵心師にも、固く口止めをお願いしておいたのに、それでも私のことを口にされたのは不用意なことではないでしょう。あいつはナマグサだが、根は岩のような奴だ。よほどのことなんでしょうな」

「聞いてくださいますか。実は……」

延川俊吉が話し始めようとするのを、加持真平は手で制した。

「時間の無駄はやめましょうや。それにあなた方は、まだ私の力について半信半疑だ。門をはずして、あなた方の心を読むのが、この際一番いい方法でしょう。私に訴えたいことを、ご両人で念じてください。いいですね？」

加持真平は、門をはずした。

心象の中で、重そうな鉄の扉が開いた。

その扉のむこうは延川夫婦の心の中の世界「他国」であった。加持真平は、その他国の中に歩を運んだ。

ものの二、三秒もたったろうか。半眼に結んでいた加持の目から、涙がはらはらとこぼれ始めた。延川夫婦は驚いてそれを眺めた。ふた筋の涙は、加持真平のふくよかな頬をつたい、やがて彼の二重あごのくびれの所で合流して、膝の上の握りこぶしに落下した。

「ざんない話やなあ。むごいことやなあ」

和歌山の出だという加持真平の口から、関西弁の呻《うめ》きがこぼれた。

「神も仏もないんかいな」

そう言うと、加持真平は静かに目をあけた。

「わかりました。明日、その鎌倉の病院へ行きましょう。納《おさむ》くん、息子さんの心の中を見ましょう」

加持真平が、その力に気づいたのは九歳の夏だった。

和歌山の漁師の家に生まれた真平は、空気を吸っている時間より海の中にいる時の方が長いような、まっ黒な子供だった。体が成っていないので、まだ父親の舟に乗ることは許されていない。毎日、素潜りで我が庭である海底に遊んだ。もちろん、ただの遊びではない。ヤスとナイフを手にして、魚を突く、タコを獲る、ウニ、貝をはがす、ナマコ、カニを摑《つか》む。そうしたものは、商品にはならないが、一家の夕食の貴重な〝おばんざい〟になった（もっとも真平は、牛鍋やトンカツのほうが大好きだったが）。

そうして海に潜っているある日、真平は妙なことに気づいた。

小イワシの群れを見ていたのである。

何百、何千という小イワシが、水をくぐった陽光を受けて、銀の色をはねかえしていた。

九歳の少年は、タモを手にしていた。光の群れのようなイワシに見とれつつも、タモをひとふりして二十尾くらいはつかまえてやろうと考えていたのだ。

幼いもくろみはみごとに挫折した。

タモを手に、細心の注意を払って忍び寄っていくのだが、その都度、イワシの大群はさっと方向を転換して逃げ去っていく。

あまりに口惜しいので、真平はそのイワシの群れをじっと観察することにした。

魚の生態の裏をかくのが、すべての釣りの基本だということを真平はすでに知っていた。

イワシの群れをじっと見詰めているうちに、真平はあることに気づいた。

イワシの群れは、魚体をそのまま拡大したかのごとく紡錘形をしている。群れの先端は、矢尻のように鋭くとがっていて、そのとがった先にいるのはつまり、たった一尾のイワシである。

群れに静かに忍び寄っていくときに、イワシ群はある瞬間を境にして、突如反転して逃げ去る。

タモを片手に、何度も歯嚙みしながら、そのあざやかな逃げっぷりを見ているうちに、真平は不思議な気になった。

最先端の一尾のイワシが向きを変えるのと、群れ全体がひるがえるのとが「同時」なのだ。

どう考えても、全体が一瞬にして反転している。

たとえば、交差点の赤信号で車が何十台と停滞している様を考えてみる。赤信号が青に変わる。先頭の車が動き出して、それにつれて順次後続車が動き出す。先頭の車が動き出してから、それより後ろ三十台目の車が動くまでにはずいぶんな時間がかかる。時によっては、青がまた赤に変わって、三十台目の車は交差点を越えられず、次の信号まで待たねばならない。そんなことはよくある。

理論的には、並んでいる車三十台が信号を注視していて、赤が青に変わった時点で一斉に動き出せば遅滞はない。しかし、現実には車の流れというものは、ドミノ倒しのように一定の時間差を持って情報が伝わり行動が起こる。

イワシの群れにはそういう不要な時間差がない。先頭の一尾とまったく同時に全体が反転する。いわば、全体が信号を注視していて、それが切り替わると同時に全体が同時行動を起こすのだ。決して先頭の一尾が反転し、後続のイワシが順次それをまねていくのではない。

では、その信号とは誰が発しているのか。先頭の一尾なのか、それとも群れ全体が所有する集合意識のようなものなのか。

そもそも、その信号とは本質的に何なのか。

音波なのか、あるいはもっと光速に近い何らかの振動なのか。

もちろん、九歳の少年がこういうことを言葉にして考えたわけではない。ただ、真平はそこに〝何か〟があることを感じていた。全体を同時に反転させる、人間の言語世界にはない何かの力が作用している。

それから、真平は何年もイワシの群れを見続けた。家に持ち帰るタコや貝の量は極端に減り、

「おのりゃ、海で何しとる」

と母親に叱られた。それでも彼はイワシの群れに魅せられたようになって見続けた。

半年くらいで、イワシの動きが予測できるようになった。

岩底に沈んで動きを止め、イワシを見ている。

「群れが返るぞ」

と感じた瞬間に、十中八九、その群れは銀鱗をきらめかせて反転する。

一年目には、群れの行動を制御できるようになった。群れの先頭に向けて「気」を送るのである。瞬時にして群れは反転する。反転したその先に気を送れば、今度は別の方向へ向きを変える。

それをくりかえして、イワシの大群を浜に追い上げるのに成功したことが、一度だけあった。

追い上げられたイワシは、村の女たちだけでは獲り切れず、結局は浜辺で腐って一ヵ月間悪臭を放った。

「ざんないことや」

と真平は思った。それ以来、真平は二度とその「漁」をおこなわなかった。

それから三ヵ月ほどして、真平は突然、イワシの群れと会話ができるようになった。

一尾一尾と話すのではない。魚一匹の知能というものは、ワープロでいえばひとつのドットのようなもので、それ自体に意味はない。それが複雑に集まって、なおかつそこに「生きる」というベクトルが作用するとき、群れは「話し」始める。

真平はその「感じ」をつかんだ。

それはあくまで「感じ」であり、言語に翻訳できるようなものではなかった。

真平は小魚の群れと感応し、陸に上がっては蜜蜂や蟻の群れとよく話をした。

真平は、この力は人間に対しても応用できるのではないか、と考えていた。学校の先生や級友の心の中、考えていることがわかったらどんなに面白いだろう。真平は、自分の母親や父親にまず試みてみたが、人の心にはなにか壁のような固いものがあって、容易にはいり込めなかった。

「ばあちゃんならいけるかもしれない。ばあちゃんはボケて心が弱ってるから」

真平はそう考えた。

八十一になる祖母が、その頃同居していた。

ある日、真平は祖母の肩を揉みながら、その心中を探ろうとした。

とたんに、真平の頭の中で声が聞こえた。祖母の声だった。

『悪さをするでない』

『ええっ、悪さって……』

真平もこれは口に出していない。頭の中の想いだが、祖母はこれを日常の会話のように聞いて返してきた。

『あいな。これは、〝他心通《たしんつう》〟っちゅ、力や』

『他心通？』

『うちは代々真言でな、在家の信者でお山には入らなんだが、一代おきにこの力を持つ者が出るんで、高野山で重宝されよったらしい』

『ばあちゃ。何のことかわからん、わし』

『行《ぎょう》を極めるとな、〝六神通〟っちゅ、力がつきよる。神足通《じんそくつう》、天眼通《てんげんつう》、天耳通《てんにつう》、漏《ろ》尽通《じんつう》、宿命通《しゅくみょうつう》、他心通《たしんつう》。この六つや。普通は命をけずるような修行して、それでも得られん法力やそうやが、生《う》んまれつき、そのどれかを持っとる人間の出る家系がある』

『それが、うちの家系か、ばあちゃ』

『ふん。わしの場合は他心通だけやったが、お前には宿命通のほか、なんや、ややこしいもんがいっぱいあるようや。若いのに苦労するなあ、お前は』

『苦労する？』

『当たり前や。人の心の読めるもんを、なんで好《す》いてくれるもんがおる。使われるか、狩られるか、それだけや。お寺さんの中におれば高僧というて尊ばれもしょが。わしら、在家のもんではな』

『けど、ばあちゃ。わし、まだ人の心は読めん』

『もう、わしとこうして話しとるやないか。コツがつかめよるやろ。どうして話しとる』

『うん。空気を吸わんと、その他《ほか》のもんを吸うたり出したりしよる。なんか、ぴりぴりする』

『それはもう〝他心通〟ができとるのや。あとは閂かける技を覚えるこっちゃ』

『かんぬき？』

納は口中に流動食のパイプを突っ込まれ、腕には点滴の針をつけたまま、ベッドの上に横たわっていた。目はたまに開かれるが、焦点はない。たぶん、生まれてこの方、あまり陽の光を浴びたことがないせいだろう、肌の色は透明感のある白で、セルロイドでできているかのようだ。

病床のまわりに何人かの人が立っている。延川夫婦。担当医の岬。加持真平。

「生まれたときから……」

加持が呻いた。

「非常に特殊なケースなんです」

担当医の岬が答えた。

「納くんは、ことしで十一歳になります。生まれたときには三千二百グラムの元気な赤ちゃんで、産声らしきものもあげました。ただ、その後どんどん衰弱していって、死の一歩手前までいった。我々としては栄養補給を続けながら、いろいろな検査を続けていったわけです。その結果、驚くべきことがわかった」

「………」

「この子には、五感というものがないのです」

「五感、すべてがですか？」

「そう。見る、聞く、味わう、触わる、匂う。そのことごとくがこの子の中にはないのです」

「生まれつきですか」

「生まれつきです」

「見る、聞く、匂う、味わう、といった機能の欠損はわかります。でも、この子には触覚すらないのですか」

「電気反応で何度も調べました。おそらくは全身麻酔をかけられたときのような感覚で、何ひとつ感じないのではないでしょうか。床ずれが起きないように、十一年間細心の注意を払ってきましたがね」

加持真平は、あらためて少年を見おろした。

少年の唇は、淡い笑みを浮かべているように見えた。

加持真平と延川夫婦は、病院の向かい側にある喫茶店で首を寄せていた。

「十一年間、あやって……」

「育ててきたんです、納を」

「五感がない納くんを」

「私もむずかしいことはわからない。先生にもよくわからないらしい。視覚、聴覚、味覚、嗅覚、触覚。こうしたことは、鼻なり目なりの器官が情報を受けてそれを脳に送るわけです。器官そのものに障害がある場合、目が不自由だとか耳が不自由だとかの障害が起こる。ヘレン・ケラーなんかの場合、これが三重苦だったわけですよね。でも、うちの納は、五重苦のまま、生まれたときからそのままにこの世に放り出されてしまった。感覚器官からの情報を受け取る、脳のレセプターに致命的な欠陥があるらしい」

「その原因は、わからないのですか」

「わかるでしょう、そのうちに」

延川俊吉は笑った。

「納が亡くなって、精密な解剖をすればね……」

「やめてよ、あなた」

夫人が首を上げて俊吉をにらんだ。

「医学的には、納は〝植物人間〟だと。そういうことになるんです。幸い、私たち夫婦には資産がありますので、とにかくこうやって、納を流動食と点滴で育ててきた。先日、私は納の下着を取りかえたときに見たんですが、納のあそこんところに、柔毛のように陰毛がはえ始めていました」

「あなた、そんなことなにも」

「私は、この子が生まれた日を境にして、決して泣くまいと思っておったのですが、この陰毛を見たときには、泣いてしまいました。この子を生かしておくために、私たちは、三代は持つであろう財を一代で使っています。けれどそんなことは問題ではない。生かすなら八十、九十までだって生かしてやる金はある。問題はね、先生。先生じゃなかったな。加持さん。この子が〝人間〟であるのかどうかなんですよ。あ、耳や口がままならない人なら、手話で目で話ができる。情報がはいる。目の見えない人も同じことだ。でもね、こいつは、納は。生まれたときから何にもないんですよ。音も色も光も味も、自分と他のものとをさぐる触覚すらない。でも、こいつは生きている。私は何度この子を殺そうとしたか。そのたびにこの逸子が止めたんです。この子は生きてるんだからって。そんなことが何度もあって、私たち、話し合いました。いつも話題になるのは〝この子、納の頭の中はどうなってるんだろう〟ということでした。〝植物人間〟のように、すべてが停止しているのだろうか。あるいは、生まれたままに、何ひとつ情報を得られないまま、納は何かを〝考えて〟いるのだろうか。我々の日常感覚で言うと、五感のない状態というのはとても耐えられるものではありません。納は、すでに生まれたその時点で発狂しているのかもしれない。

私たち夫婦は、十一年間そのことを話し合いました。その結果、ひとつの結論に達した。それはこういうことです。納の心の中が『無』であるなら、植物を育てるように見守っていこう。もし、納の中に心があって、しかも『生かされる』ことが彼に苦痛しかもたらさないのなら、彼を家に引き取って、流動食のパイプを抜こう。そのかわり、私たちも生きてはいけないでしょう。そして、もうひとつの可能性は、たとえば生まれついての盲人の人にも素晴しい感覚世界があるように、五感すべてを、しかも生まれたときから失っている納の中に、なにか我々の知り得ない世界が育っているのではないか、ということです。

しかし、以上、三つのことにしても、我々夫婦には確認する術《すべ》がないのです。納の心の中にはいっていくことはできないのですから。覚悟寺の恵心師にご相談申し上げて、先生のところに押しかけましたのはこういう……」

「先生はやめてくださいって……」

「あ。すみません」

「すみませんではすまんですな、この話は」

「あの……、お礼のほうはいかほどでも……」

「金は要らんのです。私は。〝食は飢えぬほど、家は漏らぬほど〟で、けっこう。分《ぶん》を過ぎるといそがしくなっていかん」

「はあ、恐れいります」

「そんなことより、私は、正直言って恐いんですよ」

「恐い？」

「納くんの心にはいるというのがね。なんだかブラックホールの前に立ってるような気がする」

「でも……。納はまだ子供で……」

「子供だから恐いんだ。人間には無際限の想像力というものがあるでしょうが。それが妖怪だの禁忌《タブー》だのを作り出すのだが、子供の想像力というものはもともと際限のないもので、それが現実の世界の持つ力によってたわめられ定型化されていく。そういう現実世界というものが納くんの場合無いわけでしょう。そこがどういう世界になっているのか、私にはよくわからんのですよ。普通の人の心の中なら光も闇も音も匂いもあってそれを伝って〝こっち〟へ戻ってこれるが。納くんの心の中へはいって戻ってこれる自信というのが私にない。なにせただの乾物屋のオヤジですから」

黙っていた延川逸子がそのとき、小さな声で呟《つぶや》いた。とても上品な声だった。

「……フニャチン！」

病床の納の前に、加持真平は仁王立ちになっていた。

延川夫婦が息を呑《の》んで見守っている。

加持真平は、横たわっている納の右手を自分の右手にとり、左手を自分の左手にとった。ベッドの上で、「8」の字、横にすれば「∞」の字のメビウス輪が型を成した。

加持真平は、その姿勢のまま、大きく息を吸い、吐いた。ただ、いわゆる深呼吸のようにさわやかなものではなく、加持はなるべく「空気以外のもの」を吸い込もうとしているようで、その呼吸は段々と苦し気になっていった。

　十分ほどその呼吸を続けた後、加持真平の目つきがおかしくなった。眼球が裏返ったかのように白目だけになり、はっはっと吐く息に金属臭がただよった。

　その後、加持真平は、まるで火鉢にあたるように納の体の上にまたがり、前かがみになって納の頭部に手をかざした。ときには〝ふんふん〟とうなずいたり、高らかに笑ったりもした。最後には涙を流しもした。

　十五分後に、加持真平は我に返った。

「うーん」

と言って背を反らせたのがその合図だった。

　延川夫婦は駆け寄って、加持の体を支えた。深く息をついた後、加持はぽつりぽつりとしゃべり出した。

「うーん。生卵を六つほど持ってきてくれ」

「納くんの中には、ひとつの世界ができあがっていた。音も、色も、光も、物質感覚も何もない世界で。しかしそれはひとつの世界を作っていた。この世界の根本的な哲理は、言葉にするのはとてもむずかしいが、〝在る〟ということだ。〝在る〟ということの、ひとつの基準は〝波〟で表わされる。音も色も、そういう感覚は一切ない。ただ〝波〟。心臓の波、血液の波、体の中の水の移動の波、はいってくる波、出ていく波。〝波〟が認識の根源になっている。納くんの世界には、言葉はない。言葉に当たるものとしては、体動の波の組み合わせのようなものか。なにひとつ、我々の言葉に翻訳はできない。翻訳すればそれは〝まちがい〟の積み重ねになる。納くんは、この世に在りながら、別の次元に生きている。交信の術はありません」

延川夫婦は複雑な表情で顔を見合わせた。

夫は小さな声で加持に尋ねた。

「その。我々の知りたいことはひとつだけなんです。納はその世界で幸せなんでしょうか」

「幸せ？」

加持真平はゆったりと微笑んだ。

「納くんは幸福でも不幸でもありませんよ」

「幸福でも不幸でもない」

「なぜなら、納くんはこの世界の〝神〟だからです。神に淋しい神も幸せな神もありません」

夫婦は手を取り合って、ベッドの上の納の姿に目を落とした。納は心なしか微笑んでいるようだった。

「微笑む神」という言葉が俊吉の脳裡に浮かんだ。

「いい世界ですよ。美しい……」

加持真平がぼそりと呟いた。

「私だって帰ってきたくなかったほどのね」

延川夫婦は、加持真平の霊力を目の前に見て肝をつぶしたのではあるが、その後いわゆる〝オカルト・フリークス〟になったらしく、手かざしだの滝行だのにいそしんでいるらしい。

加持真平？

もちろん、彼は今日も築地で昆布を売っている。

掌《てのひら》

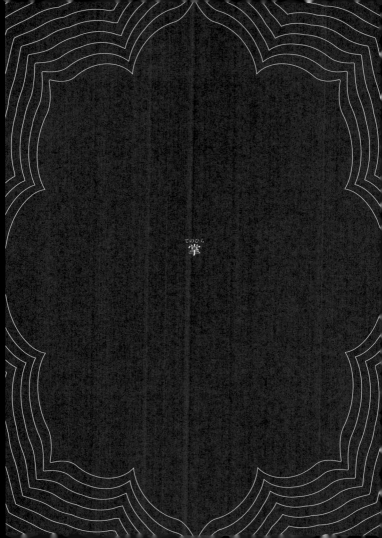

「その皿だけはやめてくれ」

身をかがめながらおれは叫んだ。

杉ちゃんは、皿を頭上に振りかざし、一瞬あわれみの表情のようなものを浮かべたあと、おれに向かって正確なねらいで皿を投げつけてきた。イタリア旅行のときに二人で買った淡いブルーのパスタ皿が、おれの後ろの柱に当たって粉々になった。越してきてまだ三日目のマンションは、キッチンからＬＤＫまで、遺跡の発掘現場と化していた。割れたティーカップ、ラーメン丼、まな板に焼き網。おそろしいことに、キッチンの床には出刃包丁がひとつ転がっている。

いつもこうなのだ。

杉ちゃん、普段はにこにこしているばっかりで、たよんないくらいの女だ。そのにここにこ顔に仏相があるといえばある。おれは、初めて会ってから一週間後に、このボサツさまのところに転がり込んだ。

杉ちゃんは、おれより十七も年齢《とし》が下だ。仕事は、パーティ会場で脚出して水割りを配る、昔でいう女給。今のなにだ、コンパニオン・ガールというのか。収入はけっこういい。おれみたいな酒飲みを食わしてくれたうえに、少しは貯金もしているらしい。

おれは一応自分のことを「作家」だと杉ちゃんに言ってある。なにか作家なのかは自分でもよくわからない。きちんとものを書いたことがないからだ。それでも杉ちゃんはかまわないらしく、いつもにこにこしてパーティの残り物の寿司なんぞを持って帰ってきてくれる。

ただし、月に一度、杉ちゃん言うところの「女の子になっちゃう」日の三、四日前。ボサツさまは何の前触れもなしに大夜叉《だいやしゃ》と化す。

今回もそうだった。

杉ちゃんは、ミートローフや蒸し鶏のいっぱい詰まった折り詰めをぶらさげて、半眼微笑の仏相で帰ってきた。

わるいことに、おれは腹が一杯だった。杉ちゃんの帰りは遅いし、腹は減るしで、つい宅配ピザを取って一人で食ってしまったのだ。おまけに、杉ちゃんが「壜《びん》の絵柄が好き」と目を細めていた秘蔵のワインまで飲んでしまった。とてものことではないが、パーティ会場の油っこい残りものには手が出ない。

いつもなら杉ちゃん、そんなことで眉ひとつ動かさない。明日食べてね、と言って、折り詰めを冷蔵庫に入れるくらいのものだが、今日はいきなりその折り詰めが飛んできた。

「なめとんか、あんた、なに考えとん？」

杉ちゃんは怒ると地元の神戸弁が出る。

話は、おれが一人で食ったピザの関係から、イタリアへ飛ぶ。ミラノでおれはパスポートをすられた。それはたしかに頓馬《とんま》だったが、そんなことをいまごろ、と応対しているうちに、だいたいあんたはやると言ったことしないのが悪い癖よ、ケッサク書けとは言わないから、洗いもんしてよ。自分でやるって言ったんだから。

話題は定点も支点もなく、ひたすら険悪な方向へねったりと移動していく。おれは大噴火の予震を感じて、ひたすら身を縮めているが、そのうちついに来るべきときが来る。折り詰めが第一球で、二球目はシンカー気味の灰皿だ。かくして今日の闘いは始まり、投げるべきものはもはやあらかた投げ尽くされた。

すさまじい新居の床を眺めて、おれは呟《つぶや》いた。

「誰が掃除するんだ」

「わたしよ」

杉ちゃんが肩で息をつきながら言った。

「わたしのお祖父《じい》ちゃん、よくカッとなってお膳ひっくり返すような人だったのよ。家族が放っておいて、あとでそっと覗《のぞ》くと、自分で散らかったもの掃除してたわ」

「へえ」

「カッとなるのは隔世遺伝だわ」

おれは、床の上の陶器のかけらを手で除けながら杉ちゃんの方へ近づいていった。

「おれも手伝うよ」

「いいのよ。わたしがやったんだから」

おれは床の上に人一人ぶん寝られるくらいの安全地帯を作ると、そこに杉ちゃんを引っ張り込んで、抱いた。杉ちゃんは、ごめんごめんと言いながら激しく昇天した。

　事後の煙草を胸深く吸いながら、ぼんやりと部屋の中を見渡す。

「しまった。食いもののハネがふすまにかかっちゃったな」

「ん、なに？」

キッチンとリビングを仕切っているふすまの上。床から六十センチほどのところに点々と茶色のシミが浮かんでいた。

「ああ。あれ」

杉ちゃんは笑った。

「あれは、もともとあったのよ」

「越してきたときにはあんなシミはなかったぞ」

「湿気でカビがはえてきたのよ。大家さん、ズルしてふすま換えなかったのね」

「せこい奴だ」

「あれね。赤ちゃんの手形よ」

「赤ちゃん？」

「たぶん、よちよち歩きの赤ちゃんが、あのふすまを伝って、立ったり転んだりしてたんだと思うわ。シミが、指の跡とか掌《てのひら》の跡になってるの」

「へえ」

「ミルクとか、唾《つば》とか、離乳食とか、いっぱい付いた手で、あのふすまをぺたぺた叩《たた》いて歩いてたんだわ。その跡に、ここんとこの湿気でカビがはえたのよ」

杉ちゃんは、その小汚ないシミを、うっとりとして眺めた。

「かわいいわねえ、赤ちゃんって」

「おれは、よく知らない」

「……欲しいわあ」

おれは、ぞっとした。次の日に勝手に大家に電話して、ふすまを取り換えてくれるよう抗議した。二日目に、業者が新しいふすまをたてつけにやってきた。

第二ラウンドは、その日に起こった。

月に二度とはめったにないことなのだが、杉ちゃんは再び大夜叉に変身して、おれにつかみかかってきた。

「どうしてよう。あのふすま、かわいかったのに」

「いや、きれいにしたら杉ちゃん喜ぶと思って」

「勝手なことしないでよ。だいたい、ふすま代だって、誰のお金から出てるのよ。もったいないことしないでよ。おいちゃんに何の権利があってそんなことするのよ」

杉ちゃんは激昂《げっこう》して、〝言わない約束〟のことまで口にしたあと、じっとおれの顔をねめ上げた。

「おいちゃん、あたしがあのふすま見て、赤ちゃん欲しい、とか言ったから、それで取り換えたんでしょ」

読心術師と同棲してるような、わずらわしい気分になった。

それから杉ちゃんは、いつものようにおれの過去の悪業、だらしなさ、めったに歯を磨かないことまであげつらい、話はあっちへ飛びこっちへ飛び、ねっとりとからみ出す。その予震は少しずつ大きくなって、ついに大噴火のときがきた。ただ、今日は投げるものが何も残っていない。

杉ちゃんは、おれに向かって、電話機を投げつけてきた。

杉ちゃんは、すやすや眠っている。

おれは腹が減って、キッチンへ冷蔵庫を覗きに立った。

冷蔵庫にはところてんがひとつ、寒そうに身をひそめているだけだった。おれは、テーブルについて、その軟体をすすりあげつつビールを飲んだ。

今日の杉ちゃんはすさまじかった。夜叉というより、あれは阿修羅《あしゅら》だ。月に一度であればなんとか腹もくくれるが、今日の第二ラウンドは、四十過ぎのおれには心底きつかった。

だいたい、あんなふすま一枚で、なんで大戦争しなきゃならんのだ。あんなふすま……。

……おれは一瞬、我が目をこすった。

新しく換えたばかりのふすまに、ぽつり、ぽつりとシミが。それも、前のふすまとまったく同じところ、床から六十センチくらいのところに浮かび上がっている。手の指や打ちつけた掌の形、何から何まで前のふすまとそっくりだ。

〝杉ちゃんが大家に言って、前のふすまを取り返したんじゃないか〟

一瞬そう考えた。

しかし、それは不可能だ。おれと杉ちゃんは、今日の夜ドンパチが始まって、さっきの仲直りが終わるまで、ずっと一緒にいたのだ。ふすまを取り換えにきた奴なんざいなかった。

おれは、キッチンのライトを点《つ》けた。

ふすまに近づいて、しゃがみ込む。

まちがいない。まったく同じシミだ。仔細《しさい》にそれを観察した後、おれは寝室に向かって大声を上げた。

「おうい、杉ちゃん、ちょっときてくれ」

杉ちゃんは、おしっこをしたあと、ゆっくりとキッチンへやってきた。

「なによ」

「ほら、これ」

「わ」

杉ちゃんの目が輝いた。

「素敵。おいちゃん、元のふすまを取り戻してくれたのね」

「そうじゃない。新しいふすまの、同じところに、前と同じシミができたんだ」

「赤ちゃんのシミ」

おれは杉ちゃんの寝ぼけた顔を、ふすまのあたりにしゃがんで、じっと見上げた。

「杉ちゃん。これは、手形は手形だけれど、赤ちゃんのものじゃない。……大人の手の跡だよ」

ネンキン生活者の粟根が、さっきからルーペを片手に、ふすまのシミにへばりついている。

こいつは、大学時代の友人で、いまは母校で助教授をしている。専門は「粘菌」だ。道理でいつも南方熊楠《みなかたくまぐす》の本なんかを小脇にかかえていると思った。おれは、こいつを本名では呼ばず「ネンキン生活者」、略して、「ネンキン」と呼んでいる。しかし、まさかこんな男の専門が役に立つ日がくるとは思わなかった。

「カビですねえ」

ネンキンは、ルーペから目を放して涼しい声で言った。その後で何やら長ったらしいカビの学名を告げたが、とてもおれに覚えきれるような代物ではなかった。

「珍しいものかい」

「や。わいわい騒ぐほど珍しいものではないですね。僕も研究室で何度か培養しましたよ」

ネンキンは、立ち上がってテーブルに着くと、コーヒーを運んできた杉ちゃんに、シュガーはけっこうです、と言った。

「東南アジアに多いんですが、日本の家屋にもたまに出ます。こいつは妙なカビでね。人間の体液、血液、分泌物の付着したところにはえるんです。しかも、一度はえると毎年毎年、同じところにはえる」

「ということは」

おれは、コーヒーをやめにしてウイスキーの壜を出した。

「あの、いっぱいついてる手形の跡は、人間の体液か血液の跡か」

「そういうことですね」

「やだ」

杉ちゃんは青くなって、おれのウイスキーを横から取って一口飲んだ。

「でも、どうしてあんな低いところに、大人のひとの手形がついてるの」

「そこなんですが」

ネンキンは、コーヒーを一口啜《すす》ってから、ゆっくりとおれたちを見た。細い目が、眼鏡の奥で光っている。

「僕は学者だからいいかげんなことは言えない。言えないけれども、〝仮説〟をたてることはできます。たとえば、あのカビがはえる元になった栄養分ですね。つまり、手の形のことですが。この栄養分を、人間の血液だと考えると、話は非常にわかりやすい」

「血の跡なのか、あれは」

「こういう推測もできるわけです。以前、このマンションに、非常に仲の悪いカップルが住んでいた。男は、これはもう、はっきり言って、ごろつき、ヒモです。女のほうは水の世界に身を染めても、けなげに男を養っていたのです。ところが、この男。競輪競馬じゃ飽き足らず、丁半バクチにバッタ巻き。サラ金も初手から回収を諦めるくらいの遊びっぷりだ。しかも、女となると、玄人《くろうと》相手に納得しときゃいいものを、ちょっと知り合った素人さんを、その日のうちに欺《だま》して押し倒すといった、まあ、〝淫獣〟ですね」

おれはなんだかムカムカしてきた。

「おまけに酒癖が悪い。いいとか悪いなんて次元のものじゃないわけです。女のほうが一言でも正論を吐いて口答えすると、その瞬間から人格を失ってしまうんです。殴る、蹴る、逆エビ固めをかける、木の柱の角のところに女の額をぶちつける」

おれは大声をあげた。

「そんなことしたことは一度だってない」

ネンキンは、細い目でゆらりとおれを見た。

「誰がおまいさんのことだと言いましたかね」

おれは、ぐっと詰まった喉元にウイスキーを放り込んだ。

「それで、続きはどうなったんだ」

「聞きたい？」

「うるさい」

「うるさいならやめますが、杉ちゃんが全身耳になっているのでここは一番、続けましょう。ある、蒸し暑い夜のことでした。男はあろうことか、このマンションに、スナックの女を連れ込んできたんですね。3P……というんですか。あれがやりたいと言って。しかし、当の本人はベロベロに酔って、そのままキッチンの床の上でゲロ吐いて眠ってしまった。スナックの女は当然、酔いも醒《さ》めて、謝りながら帰ります。さ、ここからです」

おれと杉ちゃんは、唾を呑《の》んだ。ネンキンは心なしか蒼白《あおじろ》くなった顔を、かっともたげて言葉を継ぐ。

「女は、酒の肴《さかな》に、と思って、烏賊《いか》を造《つく》ってたんですね。手には出刃包丁がある。床には男が倒れている。しかも、浮言のように、〝3Pだ、3Pだ、早くおまえら素っ裸になってこんかい〟と」

「ひどい男」

杉ちゃんが呟《つぶや》いた。

「さ、ここにきて、女もついに我を忘れました。男の中年ぶとりの背中に、出刃包丁をぶっすう～っ」

「わっ」

「男はそのまま、ゲロと血にまみれた手で前へにじり寄ります。そして、このふすまの紙を何度か手さぐりしたところで、そのままがっくりとこときれた。稀代《きたい》の悪漢、女の敵の最期です。そして、男が最後にふれたそのふすまには、今でも蒸し暑い時期になると、男の手の形にくっきりとカビが……」

「いや、みごとだ」

おれは拍手した。

「しかし、専門の君にこういうこと言っては何だが、カビとかキノコが毎年同じところにはえるってのは、そのはえる土台に、菌糸だか胞子だかが眠ってて、時期がくるとはえるわけだろ」

「正確に言うと、まったくちがいますがね」

「ま、でも、だいたいでいくと、そんなもんだろ」

「だいたいでいくと、そんなもんです」

おれはネンキンをにらんで言った。

「いいかい。ふすまごと取り換えたんだ。菌糸もへったくれもない新品なんだ。そこに、どうしておんなじ模様のカビがはえる」

ネンキンは、うろたえる様子もなく答えた。

「粘菌の世界は、わからないから面白いんであってね。たとえば、渡り鳥のようにいつも同じ場所へ同じ時に辿《たど》り着く。そういう胞子がいても、私は少しも不思議だとは思いませんね」

結局、ネンキンは役に立たなかった。おれは杉ちゃんと相談して、またふすまを取り換えることにした。

一ヵ月は、なにごともなかった。

ふすまに手の形が出たのは、杉ちゃんが〝女の子になる〟五日ほど前だった。

原因は、おれが杉ちゃんの貯めていた金を四十万ほど無駄使いしてしまったことにある。

「ドキュメントを書くんだ」

おれはその三週間ほど前、杉ちゃんに言った。

「資料代もいるし、取材旅行にもいかないと。しかし、こいつで賞を取ったら、賞金は百万だ。何にも言わずに、三十万出してくれないか」

杉ちゃんは四十万、出してくれた。

おれは、その金で飲み回ったあげく、あるスナックの二十歳《はたち》過ぎの女といい仲になってしまった。もちろん、このことだけは、杉ちゃんは知らない。

とにかく、おれがその四十万をぺろっと使ってしまったことがきっかけで、杉ちゃんはまた夜叉になった。今度は、投げる皿もたくさん買い揃えてあった。

大戦争が終わって、ふとふすまを見ると、くっきり例の手の形が浮かび上がっていた。

「あの手の形は、杉ちゃんが怒ると出るんだ」

おれがそう確信したのはこのときだ。

その後、おれたちはふすまを三度換えた。

杉ちゃんが怒ると手形が出るというおれの確信は、ふすまを換えるごとに揺るぎないものになっていった。

「出ていくって……どういうこと」

烏賊の細造りを運んできた杉ちゃんは、そのままテーブルに着くと、静かに訊《き》いた。

「別れたいとか、そういうことではないんだ。とにかく、おれは杉ちゃんに迷惑をかけ過ぎた。なんとか、自分一人の力で生きてみる。決心したんだ」

杉ちゃんは、鼻で笑った。

「おいちゃん、ここ出て、どこに行くのよ」

「とりあえず、ネンキンのとこにでも……」

「嘘。……女のとこでしょ」

杉ちゃんは、笑い顔のまま、つるんと言った。

「〝エヴァ〟っていう店の女のとこに転がり込むつもりね」

おれは、四十にもなって芝居が下手だ。一瞬、はっとした表情になってしまった。

杉ちゃんは、スプレーで固めたような、薄い微笑を崩さず、言った。

「いいのよ。おいちゃん、どこへ行っても」

やさしい声だった。ただ、そのやさしい声がかすかに震えているのをおれは聞き逃がさなかった。

おれは、キッチンの上に目をやった。

まな板の上に、烏賊を切った出刃包丁がある。

杉ちゃんがぷつりと切れたら、一足先にあの出刃を奪わねばならないだろう。

杉ちゃんは笑っている。

おれは、その笑いから目を外《そ》らせて杉ちゃんの後ろ側にあるふすまをじっと見た。

ふすまは、白いまんまだ。

どこにも手形のごとき影は浮かんでこない。

かなり長い間、一分か二分、おれはふすまを凝視した。

なにごとも起こらなかった。

「ほんとに出てっていいんだな」

おれは杉ちゃんに言った。

「いいのよ。おいちゃんの好きにして」

杉ちゃんは、やさしく答えた。

ふすまは白い。

おれは、緊張が解けて、椅子からずり落ちそうな態勢になった。

「悪い。……勝手して」

杉ちゃんは答えなかった。

年を取ると涙腺がゆるくなる。おれは目が熱くなって、むりやり顔を天井に向けた。

天井いっぱいに、手の形があった。

杉ちゃん、包丁を取りに、すっと立った。

微笑と唇のように結ばれて

ドアチャイムに伸ばした手を、私は空中で停止させたまま、長い間考えていた。マリカがこの部屋の中にいる。私の知らない男の部屋に。チャイムを鳴らせば、私はその愚かな行為のために、全てを失ってしまうのではないか。私の魂を、生命を、そしてそんなものよりもっと大事なものを。マリカは、私が生きている意味の全てだ。私はそれを失うのではないか。私はこのまま立ち去るべきではないのか。

私は上げていた腕を下ろした。何気なくドアのノブを触ってみる。

鍵はかかっていなかった。

押すと、ドアは静かに開いた。

玄関口に、男ものの革靴とマリカの小さなハイヒールが仲むつまじく寄り添っている。それを見た途端に、私の体の中で血の流れが一瞬凍りつき、次に逆流した。

私は投げ捨てるように自分の靴を脱ぎ、マンションの中にはいっていった。

八畳ほどのキッチンがあった。

テーブルの上に食物が散乱している。

かじりかけのサラミソーセージ。丸太のようなハム。三分の一ほど残された皿の上のステーキ。ステーキというよりは生肉に近いようなレアだ。切り口から鮮血がにじんでいる。別の皿の上には山盛りの菠薐草《ほうれんそう》のソテーがのっている。そしてウイスキーの空壜《あきびん》が二、三本。一べつしての私の印象。

「何なんだこいつは。ヴァイキングの首領か何かか。日本人の食生活じゃないな」

キッチンを抜けると無人の居間があり、そこにも生卵の殻やソーセージが散乱していた。

その奥がどうやらベッドルームらしい。

私はそのドアを「蹴った」。

部屋の半分ほどを占めるベッドの上に、見知らぬ男とマリカが裸で横たわっていた。

マリカが上半身を起こした。少し小さめの形のいい乳房がふるふると揺れている。

マリカは私を黙って見つめた。

別に驚いた風でもなく、淋しそうな微笑を口元に浮かべている。

彼女の頬は、美しい色に上気していた。目は強い光を放っている。そして、微笑《ほほえ》んでいる唇は、小さいが官能的に厚く、苺のように赤く光っていた。

「つけてきたのね」

マリカが言った。

「そうだ」

私は、上体を起こしたマリカの裸身の陰になっている男の方に目をやった。

「お友だちを紹介してくれないか」

男はまだ若かった。二十六、七歳だろうか。

突然の私の侵入に、飛び起きるでもない。

横になったまま、半眼に開いた目で私の方を見ている。顔色は上質の紙のように白い。青味の勝った白だ。目は焦点を結んでいない。

「この人？　辰巳さんっていうのよ」

「なるほど。で、この辰巳さんはどういう人で、君とはどういう……。ま、こんな状況で、どういう関係もないだろうがね」

私は、精神力の全てをふりしぼって、冷静さを装った。

「どういう……って言われても、ダーリン。困ってしまうわ。よく知らないのよ、この人のこと」

「知らない？」

「二、三日前に知り合っただけなんですもの。この人、私の車に追突してきたのよ。それで知り合って……」

「いまこうしてるってわけか」

「困ったなあ」

そう言ってマリカは頭を掻《か》いた。とても可愛い仕草だった。私は思わず腕を振り上げて彼女を殴ろうとした。そのとき、ベッドの上の男が小さな声で言った。

「すいません。水を一杯くれませんか。……あ、ミルクの方がいいかな……」

マリカに初めて会ったのは半年ほど前になるだろうか。

私が経営している画廊に、彼女はある日突然舞い降りてきた。文字通り、私は「舞い降りてきた」という印象でしかうまくその感じを伝えられないのだ。

そのとき、私の画廊ではラファエル前派の小品を集めて、商売にもならないエキシビションをやっていた。普通はこんなものは百貨店が客寄せにやるような企画なのだ。海外からの借り物の絵画は、売るわけにはいかない。大赤字しかもたらさないのが前提の、いわば私の道楽の企画だった。

三十年近く、父親に譲ってもらった画廊を経営していて、私にはけっこうな資力がすでに備わっていた。画廊自体はただのショー・ウィンドウであって、そこで物が売れようが売れなかろうが、たいしたことではない。

私の収入源は、絵画を投機対象として札束をふりかざしてくる企業や資産家たちだった。彼らと、ニューヨーク、パリの画商たちとのパイプ役をつとめる。それだけで年に何億という利潤が私のもとに転がり込むのだ。

せめて、自分の画廊では道楽をやらせてくれ。ラファエル前派の企画は、そんな私の意思表示だった。

このときの目玉作品としては、南オーストラリア美術館から、J・W・ウォーターハウスの「嫉妬に燃えるキルケ」、ロンドンのギルドホール・アートギャラリーからフレデリック・レイトンの「音楽のおけいこ」、ニューヨークのフォーブズ・マガジン・コレクションから、同じレイトンの「お手玉遊び」などの名作を借り受けた。顧客の持っている政治力と私の力を使えば、この程度のことはできる。

私はこれらの絵がとても好きなのだ。

ことにレイトンの二作品は、一度は自分の部屋で一晩中眺めてみたいと、つねづね考えていた。

「音楽のおけいこ」は、若い母親が、小さな娘にトルコの楽器「サス」を教えている光景だ。ぷっくりした子供の愛らしさもさることながら、この母親の慈愛に満ちて、オーラでかすんだような、とろけるような美しさ、甘やかさ。

「お手玉遊び」も美しい作品だ。透けるような薄絹をまとったギリシアの少女が、牛の趾骨《しこつ》の小片をあやつってお手玉遊びをしている。異様に紅潮したその頬は、お手玉に恋の占いでも託しているせいではないのか。

こうした絵に囲まれて、人気《ひとけ》のない画廊にたれこめているときの私の幸福をわかってもらえるだろうか。

私はときおり画廊を一巡し、額の中の彼女たちを眺める。客などは一人も来てくれなくていい。その方が私にとっては幸せなのだ。

マリカがそうした私の至福を、ある日現れて打ち砕いた。

というのはこういうことだ。

彼女は、絵の中のどの女よりも美しかったのだ。

マリカは、乳と蜂蜜でできたような印象、肌、香気を持った女だった。

初めて彼女が画廊に現れたとき、私はすべるように歩《あゆ》むその後ろ姿を呆然《ぼうぜん》として眺めた。

「五センチほど中空に浮いているのではないか」

と私が考えたほど、それは優雅で天上的な動きだった。

一巡りしたマリカは、入り口の受付テーブルにいた私の所へくると、私がいままで目にしたうちで一番優し気な微笑を浮かべてこう言った。

「素敵な絵ばかり。私、あの〝音楽のおけいこ〟っていう絵が好きだわ。おいくらくらいするのかしら」

私は笑って答えた。

「ああ。お嬢さん。ここにあるのは、どれも売るわけにはいかないのですよ。欧米からの借り物ばっかりなんでね。高名な絵ばかりです」

マリカはとてもがっかりしたようだった。

「そうなんですか。これは、いつ頃の絵？」

「だいたい十九世紀、一八〇〇年代の絵画ですね。話すと長くなってしまいますが」

「長くなってもいいから教えてほしいわ。とても好きになったの。ここの絵が」

きらきらした目で、マリカは私を見詰めた。

そうしてマリカと私との付き合いが始まった。

マリカは二十五歳だと言う。私はその倍以上の年齢だ。

それでも、初めて一緒にとった食事は楽しかった。

マリカは実に聡明で勘のいい女性だったし、体中から生命力のあふれているような女だった。

イタリア料理の店で初めてのデートをしたのだが、マリカはよく笑い、しゃべり、そして私の倍くらいの量の赤ワインを飲んだ。

彼女と話をしていると、なぜか私はハシシュにでも酔ったように陶然とした心持ちになってくるのだった（私は昔、スペインでおおいにハシシュをやったことがある）。

不思議なのは、マリカが物を食べないことだった。ワインは驚くほど飲むのに、皿には手をつけない。前菜は私一人で食べ、パスタをたいらげた私に、彼女は自分のスープを押しつけた。

「どうして食べないんだい」

「そんなこと女の子に訊《き》かないでほしいわ」

「ダイエットしてるのか」

「そうよ。ダイエットしてるのよ。カトンボみたいにやせて、もっともっとやせて、そのままこの世からいなくなってしまいたいの」

「それにしてはよく飲む」

「赤ワインはね、はいるところがちがうの」

「このあと、君にスズキと私にカモを頼んでしまったんだが。まさかその両方とも私が食べることになるんじゃないだろうね」

「ふふふ。どう思う?」

私の生涯のうちで、あれほど腹一杯になってレストランを出たのは初めてのことだった。

二回目に「フランス風中華料理」なる店に行ったときもそうだった。

最後近くに出てきた「ミル貝クリーム煮上海風」というやつ。目を白黒させて対決している私。マリカはそれを面白そうに眺めながら、花彫酒を啜《すす》って涼し気な風情だ。

「このあと、杏仁豆腐ってのが出てくる。それだけは食ってもらうからな」

「やった。私に命令する権利ができたんだ」

「え?」

結局、杏仁豆腐は私が一人で食べた。

その夜、私はマリカを抱いて寝た。私の画廊の床に毛布を敷いて、たくさんの絵に見られながら、私たちは初めての夜を過ごした。

私は四十前に離婚してから、実に十数年ぶりに艶《つや》っぽいことをしたことになる。

マリカとのセックスは、彼女と最初に話したときの印象にとてもよく似ていた。

ハシシュの緑色のジャムをなめたように、全身が陶然となる。肌と肌が触れ合うたびに、体中の見えない細毛がお互いにじゃれ合っているかのような愉悦を感じる。骨がらみに抱きしめても、マリカの体は奥底が知れないように正体がない。吸いつける赤い唇は、魔法の壺のごとく蜜を吐き続ける。

接合して数分もしないうちに、私はマリカの中に自分の全てを注ぎ込んだ。

そして、その後に深い眠りに襲われた。

それは、たとえば「死」というものがこれに一番近いと思われるような、底のない眠気だった。

眠っていたのは、それでもごく短い時間だったと思う。

首すじのちくちくする、甘くてかゆい痛みで目が醒《さ》めた。

マリカが私の首すじにキスをしていた。

いや、キスをしていたのではない。私の首の血管に鋭い犬歯を突き立てて、そこからあふれる血を吸い取っていたのだ。

どのくらいの時間、マリカが私の血を吸っていたのかは知らない。私の全身から力が脱けていた。上半身を起こそうとしても起こせない。

「いやだ。起きちゃったのね？」

マリカが言った。

「面白いことをしてるな」

「ごめんなさい」

「あやまることなんかない。それが君の食事ってわけなのか」

「ごめんなさい」

「あやまることないって、言ってるだろ」

「〝嗜血症《しけっしょう》〟って言うんだって。普通の食べ物を受けつけないのよ。ミルクとか血とかお酒とか蜂蜜とか、そういう高カロリーの流動食しかだめなの」

「そういやあ、アフリカにもいるけどね、そういう部族は。牛の血と乳だけで生きてる……」

「日本にいるのは、私んとこの家系だけみたいよ。吐いちゃうの。何を食べても、固型物は」

「流動食ならいいのか」

「それも、果汁とか牛乳だけじゃ、やっぱり持たないの。血でないと。赤血球とか白血球とか血小板とかが、みんな生きててオーラを持ってる、生きてる血でないと。それがないと、私、どんどん弱っていくの」

「ああ、そうなのか」

「ちゅうちゅう」

「おいしいか」

「うん」

「いいよ。どんどん吸って」

「もう、よくなった」

「おなか、いっぱいになったのか」

「うん」

「よし。じゃあ、寝よう」

この日から、私とマリカは一緒に暮らすようになった。とても満ち足りた生活だった。

ただ一つ困るのは食生活だ。マリカは何も食わない。私の提供する血だけが彼女の生命源である。そのために、私は毎日毎日、胃が破裂するほど食った。肉はなるべく生で食い、ニンニクは溶血作用があるので一切とらない。血中の微量金属をおぎなうために、根菜類や海草、青菜なども山のように食べる。

それだけの努力をしていても、私の体重は日に日に減っていった。顔色は徐々に蒼《あお》白《じろ》くなっていった。

それでも私は、マリカに血を提供することを止《や》めなかった。

マリカの温かい唇を首すじに受けながら、陶然と意識を失っていくあの心持ち。うつろな気分の中で交わす会話。

「ねえ、もう止めようか」

「どうしてだ」

「だって、もらい過ぎだもの」

「かまわない。もっと欲しいんだろ」

「でも、あなた、死んじゃうもの」

「いいから、やってくれ」

「じゃ、もう一吸いだけね」

「うむ」

「あした、ステーキ買っとくからね」

「うむ」

マリカはうなだれて、私の画廊の床の上に座っている。膝小僧がふたつ、カリンの実のようにぴっちり寄り添っている。

「つまり、こういうことなんだな。浮気とかそういうのじゃないんだと」

「浮気とかそういうのじゃないの」

「私にわかるように説明してくれよ」

「それは……。仮に『生命値』ってものがあると考えるでしょ？」

「ふむ」

「私の維持しなくちゃいけない生命値は五十なの。ダーリンの持ってる生命値も五十なの。だったらどうなるの？　私が生きていくためには、あなたの全てを吸い取らないといけないことになる」

「だからよその男のを吸うことにしたわけか」

「その方が……」

「いいと思ったんだな」

「ごめんなさい」

「男に惚れてバカなことをする。君は、一族の軟弱者なんだな」

「私の一族のことなんて知らないくせに」

「嗜血症のことは、腐るほど調べたよ。世界中にある病気で、心因性のもんだとされてるがね。自分を吸血鬼だと錯覚して、その結果ほんとうに人の血を栄養源にしてしまう妄想に駆られたりする。ブラム・ストーカーの〝吸血鬼〟以来、それが世界中に喧伝されて、幻想が現実を生んだりしている」

「私の一族の起源は、そんなものよりもっと古いのよ」

「古い？」

「中世ヨーロッパ以来の、女吸血鬼カーミラの一族だって言われてる。祖母が白系露人との混血だったから、うちの血にもそれが流れてるのね」

「にわかには信じられない」

「だって、私の名前が証拠よ」

「名前？」

「そう。マリカ、MARICA。これをいれ替えてみて」

「さて、よくわからない」

「〝MARICA→CAMIRA〟になるでしょ？」

「あ……」

「代々そうやってアナグラムで、カーミラ家の一族であることを伝えてきたのよ」

「おやおや」

私はベッドに横たわった。

「名家のお嬢さんにこんなことを頼むのもなんだが、いつものやつをやってもらえませんかな」

マリカは目をまんまるにして言った。

「すぐするの？　もっと、お肉とか食べてからの方がいいんじゃないの？」

「いや、すぐする」

「しょうのない人」

マリカの柔らかな唇が、私の首すじの「いつもの傷」をおおった。小さな糸切り歯が、その傷の表面をおおった薄皮を、ギリッと引き裂く。血があふれでて、マリカの可愛い唇の奥へと吸い込まれていく。

私は、いつものように陶然となりながらマリカに言った。

「どうだね」

「いいわ。ダーリン」

「でも、私の分だけでは足りないんだろ？」

「足りる分だけもらったら、死んでしまうかもしれない」

「かまわない」

「え？」

「この前みたいなことがあるくらいなら、私は死んだ方がましだ。殺さないかわりに傷つけるくらいなら、傷つけずに殺してくれ」

「ほんとにそう思うの？」

「ああ。思いっきり吸ってくれ」

「ほんとにそうするわよ」

マリカの優しい唇が私の喉元に迫った。

私は、いま、とても、吸われている。

白いメリーさん

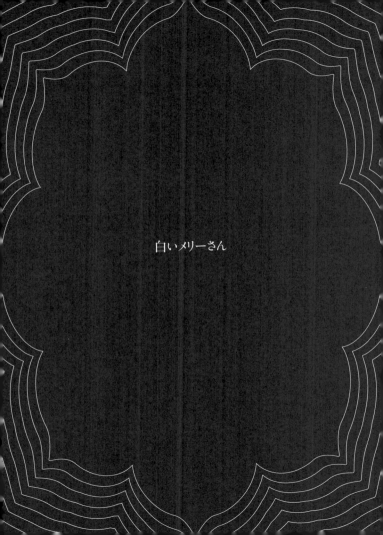

「これのどこが人面魚なんだよ」

私とカメラマンの垂水《たるみ》は、顔を見合わせて舌打ちした。雑誌の投稿を信用して、八王子くんだりの寺まで取材に来たのだが、とんだ骨折り損だったようだ。

寺の池に飼われている鯉の中に、たしかにそれらしき奴が一尾いるのだが、かなりの無理をして見たてないと人面には見えない。いまさら流行遅れの人面魚でもないとは思ったのだが、貧乏ライターの性《さが》でガセネタに喰いついてしまったわけだ。

ひょうきん者の垂水は、池の鯉を撮るのを中止すると、私に向けてしきりにシャッターを押し始めた。

「なにをしてるんだ。フィルムがもったいないぞ」

垂水はファインダーから目を離すと、皓《しろ》い歯を見せた。

「いや、人面魚があんまりひどいんで、いま、苦肉の策で思いついたんです。今橋さんの写真を撮って、編集長んとこへ持ってく」

「そんなことしてどうする」

「〝ついに見つけた、これが恐怖の『人面人』だ!!〟ってタイトルで」

私はさすがに苦笑いをした。

「〝人面人〟か。テレビに出られるかな」

「はい、笑ったところをもう一枚」

私は四十面さげたフリーライターだが、ここ数年、売文稼業の中でもかなり特殊な仕事をしている。いわゆる「うわさ」を追っかけてレポートしているのである。噂《うわさ》といってもタレントのゴシップではない。巷《ちまた》にあふれる流言飛語、デマゴーグの類を追いかけて採集する。たとえば有名なところでは「口裂け女」「なんちゃっておじさん」といった類の話だ。それもただ採集するだけではない。その噂が、いつ頃どこで発生し、どのような速度で伝播《でんぱ》していったか。伝播するプロセスで話の内容がどう変化していったか。いつ頃、なにを契機にしてその噂が消滅したのか。そこまで徹底して調べる。

そんなヒマなことをして金になるのか、というと、これがまんざらでもないのだ。

まず第一に現象面だけを採集した噂の「物件」は、雑誌社やテレビ局に売る。珍奇な話題に飢えているマスメディアは、こうした情報に対していつもアンテナを立てているからけっこういい値段でレポートを買ってくれる。品のない話ではあるが、どこそこのパチンコ屋のネオンの、「パ」の字が台風で落ちてしまった。そんなくだらない情報だけでも主婦向け番組のワンコーナーになったり、雑誌の囲み記事くらいにはなったりするのだ。

もっと深く突っ込んで、発生から伝播まで系統立てて整理したようなものは民俗学者の間での需要がある。柳田国男以来、民俗学は昔話、民話、怪談、伝説、神話などの採集をベースにして考察が築かれてきたが、近代になってはこの項目に「噂」が加わって重要な位置を占めている。「都市民俗」を考えるうえで、「噂」は無視できないデータベースなのだ。多忙で身動きのとれない学者先生にかわって、私がフィールドワークを請けおっているわけだ。こういうのは大学のとぼしい予算の中から支払われるために、ほとんど収入の足しにはならない。

その点、大手広告代理店との提携ではケタちがいの金額が支払われる。提携先は主に大手代理店のマーケティング部になる。

噂というものには、必ず時代の潜在的な欲求や恐怖がひそんでいる。それを分析することが広告業界にとっては大きなメリットになるのだ。都市の噂はたいてい十代二十代の若者の間で広まっていくものだ。それをいち早くキャッチし分析することが代理店の戦力になる。「人面○○」が流行ったなら流行ったで、ＣＦにそれを取り入れる。あるいは新商品の開発やネーミングに持ち込むことができる。ブームが終わったならさっさと見切りをつける。そうしないとスポンサーから「なにをいまさら」と言われるような時代遅れの企画を出してしまうことになる。

あるいはゴシップ寄りの噂も広告界にとっては重要だ。若い人のタレントに対する感覚は、なによりも早く噂の中に表われてくる。たとえば、

「幸田シャーミンの顔は塩化ビニール」

という噂が流布しているとすると、この情報によってクリエイターは彼女の使い方を誤らずにすむわけである。ガッツ石松や美川憲一、和田アキ子や宮沢りえが、いまどういう受け入れられ方、面白がられ方をしているか、噂は先取りしてそれを教えてくれる。

二十世紀初頭には、噂の研究は広告や民俗学よりもむしろ法心理学の分野で重要だった。

たとえばこんな実験がアメリカで行われている。地下鉄の中で、カミソリを持った

白人が黒人と口論している絵を用意する。これを被験者に見せて、その絵の内容を口頭で次の人に伝えてもらう。次の人はまた次の人に口で伝える。これを繰り返していくと、実験の最後には絵の内容が、「カミソリを持った黒人が白人を脅している」といったものにすりかわっている。

噂の伝播につれて内容が変化していくわけだ。しかもその内容の変化には、時代の孕《はら》む深層意識が重大な影響力を持っていることがわかる。

法心理学の分野でこうした研究がなされたのは、それが裁判における証言者の証言の信憑性《しんぴょう》とおおいに関連しているからである。

ただ、噂の採集や追跡は、最近ではむしろ民俗学や社会心理学、広告や開発分野での需要が大きい。

私の仕事もまんざら世のためになっていないわけではないのだろう。しかし、中学生や高校生の間に広まっているたわいもない噂を毎日採集してまわっていると、ほとほと我が身が情《なさけ》なくなることもある。四十男がいつまでもやっている仕事では断じてない。調査対象はほとんどの場合、その地の中高生だが、私には今年高一になる一人娘がいる。由加という名だ。

「父さん、今日は人面魚の取材に行ってきたよ」

とは、娘にあまり胸を張って言えたことではないように思う。

取材が不作だったのもあって、私と垂水は八王子の駅前で、日のまだ高いうちから一杯飲み始めた。私も垂水もいける口だ。駅前のにぎやかでおしゃれなV字路をすこし裏手へまわって、薄汚れた大衆食堂のような店を見つけ、腰を落ち着けた。ガラスケースに並んだ煮物などを適当に取って、ビールのグラスをかちりと合わせる。

「今日は悪かったな。半日こんなことでつぶしてしまって」

「お互いさまですよ。大の大人が、目立ちたがりのガキの書いた投書に引っ張りまわされて。でも、いまどき人面魚がどうこう言ってくるなんて、センスの古い奴ですよね」

「うん。ぼくもそう思って。だから逆にひょっとするとよっぽどの魚なのかななんてさ。それに八王子だってのもちょっとひっかかったんだな」

「八王子？　八王子だとどうしてひっかかるんですか？」

「例の〝白いローレルの男〟の話が、もともと八王子の出だからね」

「〝白いローレルの男〟？」

「知らないかい。このあたりの女子中高生の間で広まって、それから都内に一挙に広まった」

「どういう話なんですか」

「白いローレルに乗ってマスクをかぶった中年男が女子学生を誘うんだ。うっかりそのローレルに乗っちまうと、八王子の山中の山小屋に連れていかれる。そこでむりやりバリカンで丸坊主にされちゃうという噂だ」

「犯されるんじゃなくて？」

「そう。丸坊主にされてしまう」

「それってなんとなく犯されるより強烈ですよね」

「八王子で採集したのには別タイプのもあった。山中に連れていかれるところまでは一緒なんだが、その後がちがう。〝青・赤・黄のどれが好きだ〟と訊《き》かれる」

「あ、そのパターンは知ってる。青だって答えると、血を吸われてまっ青になって死んでしまう。赤だとめった突きにされて血まみれ。黄色だと肥溜めに突き落とされる」

「うん。この赤・青パターンは全国に昔からあるんだ。一番多いのは、トイレに行くと、〝赤いマントがいいか、青いマントがいいか〟って訊かれるって奴だ。全国の小中高校にこの手の話があって、文献的には昭和十年代から確認されている」

「そんな昔からあったんですか」

「いわゆる〝赤マント〟伝承の変形だろうな。もともとの赤マントってのは、公衆トイレに出没して、少年少女のお尻から血を吸い取るって奴だったんだ」

「なんか非常にエッチですね」

「赤マントは、自分の業病《ごうびょう》を治すために、処女の生血や生肝をねらっている、とも言われていた」

「業病ってのは何ですか」

「天然痘だよ。疱瘡《ほうそう》だな。江戸時代には子供が天然痘になると、赤い着物と頭巾をかぶせて厄払いにしたそうだ。そのイメージが残ってたんだろう」

「じゃ、白いローレルの男が〝赤か青か黄か〟って言うってのは」

「どこかでふたつの噂が融合してしまったんだろうな」

私と垂水はビールを日本酒のコップ酒に切り替えた。話が興に乗ってきたのだ。食堂のおばさんに、レンジで温めてもらった煮魚が、手もつかないまま皿の中で冷め始めている。

「なるほど。江戸時代からの伝承と、ごく最近の怪奇話とが合体してしまったわけですね。その〝白いローレル〟の出所が八王子だったと」

「それもね。この噂が広まって、一年後くらいに例の事件があった」

「例の？」

「Mの幼女殺害事件だよ。その後、この白いローレルの噂は消滅してしまった。急速にね」

「ふうん。あの事件でですか。そういう風に聞かされると、まるで噂があれを予言してたような」

「これが不思議なんだよ。噂がどこからともなく流れて、おしまいにその〝実物〟が登場する。それを機に噂が急速に消えていくって例は、ひとつやふたつじゃないんだ」

「たとえば？」

「たとえば〝口裂け女〟がそうじゃないか」

「口裂け女って、そんなことがあったんですか？」

「出たんだよ、最後にはね。まあ、これは大笑いの話なんだけど」

「へえ」

「もともと、口裂け女の噂は、一九七八年に岐阜県の東部から中部で発生している。最初に出た話は、岐阜県加茂郡の八百津町という町で流れた噂だった。ある農家のお婆さんが、夜中にトイレに行った。母屋から離れたところにある昔風のトイレだ。行ってみると、トイレの物陰に人が立ってる。おかしく思って近づくと、それまでうしろを向いていた女が急に振り返った。その女は口が耳元まで裂けていた。婆さんはびっくりして失神した。そういうシノプシスがこの噂の祖型だ」

「けっこう田舎臭い話ですね」

「それが出たのが七八年の暮れ。次の年の二月には愛知と滋賀に流行してる。三月には兵庫、岡山、広島。六月には全国規模になってマスコミが取り上げだしている」

「都内から出た噂だったら、もっと早かったでしょうね」

「たぶんね。口裂け女も伝播していく途中でいろんなオプションがついていった。マスクをしていて、〝わたし、きれい？〟と、まず尋ねるとかね。彼女は学生時代に陸上部で、異常に速く走るとかね」

「〝ポマード〟と三回唱えると退散するってのも聞いたことがあるな」

「三人姉妹の末っ子で、一人だけきれいだったもんだから姉からねたまれて、ハサミで唇を切り裂かれたってのもある」

「正体は女優の山本陽子だってのもありました」

「地域によってずいぶん違うんだよ。徳島では『赤いセリカ』に乗ってくることになってるし、岡山では『ツゲの櫛《くし》』を持ってることになる」

「ふうん。面白いですね。で、実物が出たってのは何なんですか」

「これは姫路市に出たんだよ。七九年の六月下旬だったと思う。夜中の三時くらいにタクシーが走ってたら、ライトの中に、口が耳まで裂けて白い長じゅばんをまとい、包丁を手にした女が浮かび上がった」

「ひゃあ」

「運転手は腰が抜けそうになって、直後に警察に通報した。パトカーがすぐに駆けつけて付近をパトロールしたところ、電信柱の陰で雨にずぶぬれになってる口裂け女を発見した」

「ほんとにいたんだ」

「もちろん、口が裂けてるのは口紅でつけたメイクアップだけどね。この女の子は、近所に住んでる二十五歳の子で、もとは化粧品会社のチャームガールをしてたんだそうだ。友だちの二十三歳の女性と夜中にメイクごっこをしてるうちに、あんまりよくできたんでどうしても誰かに見せたくなった。で、近所にある行きつけのお好み焼き屋のおじさんを、びっくりさせてやろうってんで、わざわざ包丁まで持って出かけたってわけさ」

「いたずらが過ぎるってんで、この子は銃刀法違反で送検されたそうだよ」

「あらまあ」

「そこまでしなくても、説教して帰しゃいいのに」

「検事の方も、〃なんでこんなもの送検してくるんや〃と怒ったそうだ」

「でも、噂が実物を生むってことがあるわけですね。M君にしろ口裂け女にしろ」

「この場合、噂が虚で本人が実だとは言えない。噂を人間がイミテイトしたってことになる」

「嘘から出たまこと、というよりは、プログラムが先にあってそれが実体を生んだってことですね」

「チャチな実体ならいいけれど、殺人鬼ってことになるとどうもね」

話がはずむうちに、銚子が十本ほども横になったろうか。私はすっかりいい出来上がりになってしまった。

「お父さん、お酒臭い」

と顔をしかめる、娘の由加の顔が目の前にちらついた。

私の妻、つまり由加の母親は、彼女がまだ六つのときに亡くなった。白血病の一種で、かなり奇病の類にはいる症例だった。

母親を亡くした由加は、小学校の高学年になるまで妻の実家で育てられた。妻の母親が幸いまだ健在で面倒を見てくれたのである。私自身は外を飛びまわる仕事だったので、とても由加を一人で家に置いておくことはできなかった。

由加はいわば〝お婆ちゃん子〟で育ったわけだが、中学生にあがる直前に、その祖母も亡くなってしまった。

以降、私と由加は都内の狭いマンションで父と娘二人きりの生活を続けている。お婆ちゃんのふところの中で仔猫のように育てられた由加にとって、この突然に突きつけられた現実はハードなものだったようだ。

母親はすでになく、優しかった祖母も逝き、後にはよく正体のつかめない飲んだくれの父親という異性だけが残った。しかも、年がら年中取材に飛びまわっていて、家にいる時間は少い、夜遅くに帰ってきても酔っ払っていて、たわいもない子供のようだ。

由加はいつしか、亡くなった妻の役目と、祖母に学んだ母性と、そして子供としての自分と、錯綜《さくそう》したいくつもの役割を、子供ながらに懸命に演じるようになった。

酔って帰った私を、

「まあ、酒臭い」

と叱るのは由加が演じる私の「妻」の部分である。

「さあさあ、ちゃんと着替えてあったかくして寝ないと」

と私を幼児のようにあやしてくれるのは、由加の中の母性、祖母の部分だ。

そうかというと、たまにはとんでもなく甘えてくることもある。眠ろうとしている私に、際限なく質問を仕掛けてきて眠らせない。どうやら「父親から叱られる」ことを由加は期待しているようなのだ。それを察して叱ってやると、由加はぐずぐずと口答えをしながらも、いつか眠りにつく。

その寝顔を見ながら、私はときどき考える。

母（祖母）と妻と子を演じ分けて、由加は疲れ果てているのではないか、と。この子は、役割演技のもたらす疲労のために、本来の自分の成長ということを投げ捨ててしまっているのではないか、と。

ただ、だからといってどうすればいいと、明確な答えは私にはない。

私は心理学者ではない。心理学者の役にはいささか立つであろう事象を集めている一介のライターにすぎない。

一方で、心理学者が人間の心の問題を解決できるだろうと考えたことが一度もない。

非常にすぐれた心理学者がいたとして、彼に解決可能なのはおそらく自分の家族の問題だけであろうと思う。なぜなら、複雑によじれた心の葛藤《かっとう》というものは、日々の些《さ》細《さい》な言動の蓄積が因子となっているからだ。決して「出て行け！」といった劇的な言行が破局を構成しているのではない。言わば、心理学者は人間の心の傷の実態を知るためには、その「家族」になってみないとわからないのである。

しかし、絶望的なことに、「家族」に成り下がってしまった学者には、自分の家族に対して学際的に正確な判断を下すことはもはや不可能だ。

そんなわけで、私は由加を見ていると、不安に駆られることがある。この子は、いつまでもすでに亡くなった母や妻や庇護《ひご》されるべき存在としての「子供」、この三極に分裂したまま、外見上だけは一人の「女」として育っていくのではないだろうか。

唯一の可能性として私が考えるのは、私から由加を「奪っていく男」の登場である。奪い去られてすべての役割から解放されたとき、由加には初めて自分の人生というものが開けてくるのではないか。役割のすべてを奪い去られ日々の葛藤を通して、自分の目の前の男を受け容《い》れるか拒絶するか。

そんなことでもないと、人生は始まらない。

亡者の鋳型《いがた》に忠実にそって固まった、意味のない生き方を由加にさせたくない。

彼女はまだ十五だが、母親に似て美しい娘だ。真珠色のオーラがミルクの雲のように体を取り巻いていて、由加が笑うとそれは輝き、泣くと灰色にくすむ。

いつの日にか、由加を奪い去りにくる者が現れたとき、彼女は私を見てどんな表情をするのだろうか。

私は、この子を愛している。

「白いメリーさん」の話が由加の口から出たのは、八王子に行った日の夜だった。

私はいい機嫌で家に帰った。いつものように由加が嫁さん気取りであれこれと世話を焼こうとする。くすぐったい気持ちになって、わざとじゃけんにあしらって食卓についた。

テーブルの上に、なんだかドロンとしたものがいっぱいにはいった鍋がある。

「由加、なんだこれは」

由加は、耳のうしろをポリッと掻《か》いて、

「それは……イワシのつみれ汁よ」

「つみれ汁。これがか？」

「すっごく新しいイワシが買えたから、魚屋さんに教わって、指で二枚におろそうとしたのよ。でも、なんだかぐちゃぐちゃになっちゃって……。せっかく、たたきにしようと思ったのに……。仕方ないからすりつぶして……」

驚いたことに、由加の両の目から信じられないくらいの速さで涙がこんこんと湧き出してきた。それはあっという間に目尻で玉を造り、はらはらと頰《ほお》にかかり落ちる。

「おいおい。イワシをさばくのに失敗したくらいで泣くことはないじゃないか」

「だって」

「イワシで失敗して泣くのなら、マグロをさばきそこなった人は自殺しなくちゃいけない」

私は鍋の中の汁を椀に取ってすすってみた。

「いい味だ。青魚の臭味が少しもない。うまいよ」

「ほんとに?」

べそをかいていた由加が初めて笑った。

「ほんとだよ。ショウガもいい具合に利いてる。青魚にはショウガが一番だ」

「青魚って何よ」

由加はもうケロッとした顔になって飯をよそってくれている。

「青魚ってのはつまり、皮の青光りしている魚だよ。サバとかイワシとかさ。うまいけれど匂いがきついんで、ミソやショウガがよく合うんだ」

「ふうん。じゃ、赤魚とか白魚とかってのもあるんだ」

「白魚ってのはないだろうが、白身の魚とは言うだろ？　ヒラメとかスズキとか。マグロは赤身だし、外見で言やあ鯛だのメバルだのは完全な赤魚だな」

「おもしろいね、魚って。いろんな色があって。メリーさんみたい」

「メリーさん？」

「お父さん、知らない？　〝白いメリーさん〟とか〝赤いメリーさん〟がいるって話」

「いや、初耳だな。何なんだいそれは」

私はつい箸を止めて由加の顔を見た。

「ほんとにいるのよ、そういう人が。うちの学校じゃ、加奈ちゃんのお姉さんが見たって言ってるし、幸子も千恵ちゃんも見たことあるって言ってるもの。この頃、女の子の雑誌の投書欄でも話題になってるのよ」

「どういう人物なのか、先に説明してくれなくちゃあわからないじゃないか」

「関東にいるのはね、〝白いメリーさん〟なの。五十くらいのおばさんなんだけど、全身上から下までまっ白な服を着てるのよ。白い帽子で白い服で白いストッキングに白い靴なの。おまけに髪の毛も、どうもカツラらしいんだけどまっ白なのよ。顔も白粉《おしろい》をはたいてまっ白なの。関内《かんない》から横浜に住んでるらしいわ」

「そりゃずいぶんなセンスのおばさんだな」

「あんまり変なんで、とにかく見た人はびっくりするんだって。それで一度雑誌の投書欄にのったのよ。白いメリーさんを見てびっくりしたって女の子の手紙が。そしたら、次の週には全国から〝私も見た〟っていう葉書が殺到しだしたの。地域によってちがうんだけど、〝赤いメリーさん〟とか〝緑のメリーさん〟とか〝紫のメリーさん〟とか」

「ほほう」

「白いメリーさんはね。横浜の駅前とかデパートでよく買い物をしてるんで、たくさんの人が見てるのよ。もとは売春宿のおかみさんだったって話よ」

「おいおい、ちょっと待ってくれよ。何を根拠にしてそんな話が出たんだろうな。それに第一、どうして〝メリーさん〟なんだよ」

「そんなこと知らないわよ。とにかくメリーさんなんだもの。赤とか青とか白とかのメリーさんが全国に何人もいるのよ」

「なるほどねえ。メリーさんか……」

私の中で疼《うず》くものがあった。ついさっきまで垂水と赤マント青マントや白いローレルの話をしていた矢先にこの話なのだ。

「由加。その白いメリーさんを、お前の友だちが見たって、さっきたしか言ったよな」

「うん」

由加はなぜか身構えたような感じで、口をきっと結んだ。

「えっと、誰だったっけ、友だちの名前は」

「見たのは幸子と千恵ちゃんと、それから加奈ちゃんのお姉さんよ。どうして？」

「うん。その白いメリーさんのこと、お父さんちょっと調べてみたいんだよ。ちょうどいま、お父さん、そういう仕事をしているんだよ」

「そういう仕事って？」

「つまり、噂とかデマとかがどこで発生してどういう風に広がっていくかっていう研究なんだ」

由加が食卓の上に箸を置いて、私をにらんだ。

「じゃ、お父さんは、白いメリーさんの話がデマだって言うわけ？」

「いや、そうじゃないよ。ただ……」

「それじゃ、私の友だちが嘘ついてるってことになるじゃないの」

「そうは言ってない。ただ、お前の友だちに会って、白いメリーさんの話をすこし詳しく聞いてみたいだけなんだ」

「いやよ、そんなの」

「何がいやなんだね」

「だって、私の友だちをお父さんが尋問《じんもん》するみたいじゃない。まるで補導みたいじゃない」

由加はぷっとふくれたまま黙り込んでしまった。なんとか説得するために、私はとうとう自分の仕事の全容を一から娘に説明するはめになってしまった。

――白いメリーさんに関する採集レポート――

●ファイル① 池内幸子（都立〇〇高校一年）

「じゃ、テープをまわすけど、そんなに緊張しなくていいからね」

「はい」

「今日教えてほしいのは、白いメリーさんのことなんだけど」

「白いメリーさん？」

「見たんだって？」

「あ。そうか。由加にあたしそう言っちゃったのかなあ。どうだったかな」

「あ。見たんじゃないんだ」

「いえ、白いメリーさんってほんとにいるんです。全身まっ白で、しわだらけのお婆さんで。横浜にいるの」

「ふうん。ぼくが聞いたのは五十くらいのおばさんだって話だけど」

「ううん。八十くらいのお婆さんなの」

「でも、君が見たわけじゃないんだね」

「ええ。見たのは私の友だちです。そう言ったつもりだったんだけど、由加には私が見たっていう風に聞こえちゃったのかもしれない」

「よくあるよね、そういう行き違いは。で、その友だちってのは何ていう子？」

「え？　そんなこと言わなきゃいけないんですかあ」

「別に言わなくてもいいけど、いやだったらさ」

「……………」

「いや、ほんとにいいんだよ、言わなくても」

「別にいいんだけど、その子、いま日本にいないから。アメリカへ留学に行ってるから」

「ああ、そうなの。じゃ仕方ないね。その人からも詳しいこと聞きたかったんだけど」

「すみません」

「謝ることないよ、何も」

●ファイル② 出土《いづち》千恵（都立○○高校一年）
「じゃ、テープまわすよ。そう固くならないでね」

「あの……先に言っときたいんだけどお……」

「なに？」

「白いメリーさんのこと訊くんでしょ？」

「うん、そう思ってるんだけど」

「あたし、ついその場のノリで見たことあるって言っちゃったんだけどお」

「うん」

「別に嘘ついたんじゃないんです。たしかにそれっぽい人は見たことあるんだけどお。それがみんなの言ってる白いメリーさんと同じ人かどうかは、よくわからないんです」

「それっぽい人だったんだね」

「ええ。白い服着てて帽子も白で。京浜急行の中で見たんだけど。すっごいおばさんなのに白ずくめだから、すっごい似合わないなと思って見てたんです。後で雑誌とかに白いメリーさんのことが出てたから、ひょっとしたらあの人だったのかなって……」

「なるほどね」

「すいません」

「いや、何も謝るようなこっちゃないよ」

●ファイル③　立石理奈（国立△△大学二回生）

「ではテープをまわします」

「なんか、アイドルのインタビューみたい。緊張するわ」

「そうも見えないけど」

「でも困ったなあ。白いメリーさんのことなんでしょ？」

「うん」

「妹が、私が見たって言ったんですね。困ったなあ、そんなこと言ってないのに。加奈って早とちりでおっちょこちょいだから。悪気はないんだけど結果的には嘘ついたことになっちゃうんですよね。小さい頃からそうだった」

「じゃ、君が見たってわけじゃないんだ」

「ええ、見たのはバイト先でいっしょに働いてる子のお姉さんなんです。加奈にもそう言ったんだけどなあ」

「ややこしいとこをはしょって、お姉さんが見たって由加に言っちゃったんだ」

「でも、横浜とか東京で見た人はいっぱいいるらしいですよ、白いメリーさん」

「でも、どうしてそう噂になるんだろうね。別に人を襲うわけでも口が裂けてるわけでもないんだろ」

「やっぱり、変だからじゃないですか」

「それだけかな」

「勝手にいろんなこと言う人もいるんですよね。白いメリーさんはもと売春宿のおかみだとか。若い女の子をさらうとか」

「女の子をさらう？」

「ええ」

「さらってどうするの？」

「さらって、とにかくこわい目にあわせるんだって。で、女の子の髪がまっ白になるのを見て喜ぶんだって」
「ははあ、なるほど」
「すいません、お役に立てなくて」
「とんでもない。ずいぶん参考になったよ」

以上が白いメリーさんに関して由加の話からたどっていった調査のテープである。最初の幸子という子は明らかに嘘をついている。友だちの名を言わないとか、いま日本にいないとか、死んでしまったとか言うのはよくある手だ。嘘を追及されて進退きわまると、みんなついつい同じような言い訳に走ってしまうものなのだ。

二番目の千恵という子は正直だった。

三番目の女子大生もそうだ。

噂の伝播というのはたいていこういう経過をたどって拡大していく。話に信憑性を持たせるために、「自分の知り合い」が、「友だちの友だち」が体験した形にして語られる。話者本人が見た、という形になることはほぼない。誰しも「ピーターと狼」のピーターになるのはいやだからである。

このケースでは、三番目の女子大生からさらに遡《さかのぼ》って〝白いメリーさん〟のルーツをたどることができる。「バイト仲間のお姉さん」を取材し、さらにその先へと進んでいくのだ。

ただし、私は今回はそれをしなかった。

不注意にも、私がこんな調査をしたために由加がノイローゼ気味になってしまったためだ。学校から帰ってきても、口もきかずに部屋に閉じこもってしまう。

デリケートな年頃の子に、がさつなことをしてしまった、と私はおおいに悔んだがもう遅い。この年頃の女の子の友人関係は、微妙な心の綾《あや》をともなって揺れ動いているものだ。ちょっとした一言や態度で友情にひびがはいってしまう。

そんなところへ私は土足で踏み入って真相を嗅《か》ぎまわってしまったのだ。由加たちの話題の中では、〝白いメリーさん〟のことなどどうでもいいような噂でしかなかったはずだ。〝私も見たことある〟〝私も〟で、お互いに話を合わせてきゃっきゃ言っていればすんでしまうことだったのだ。

それを私は、まさに調書を取る刑事のように尋問してしまった。結果的には、由加の友だちに「嘘つき」の烙印《らくいん》を押してしまったことになる。

由加はおそらく学校で、それまで親友だった幸子や千恵や加奈から無言のうちにプレッシャーを与えられているのだろう。あるいはもっと露骨に仲間はずれにされているのかもしれない。それとなく尋ねてみても、友人とのことについては口を閉ざしてしまう。

どうすればいいのか、正直なところ私にはよくわからない。

私はしたたかに酔っていた。

その日もまたカメラマンの垂水とのコンビで、ろくでもない取材をしてしまってムカムカしていたのだ。今回は雑誌社からの依頼で、「泳げタイヤキ君の子門真人《しもんまさと》、庚申塚で本屋経営」という噂の裏を取りに行かされたのである。

ふさぎ込んでいる由加に関する悩みとつまらない取材とが相まって、ずいぶんと荒れた酒になってしまった。

垂水といつどうやって別れたのかも、はっきりとは覚えていない。気がつくと私は駅から自分のマンションまでの一本道を、一人でふらふらと歩いていた。

もう少しでマンションにたどり着くという四つ角で、前から白いメリーさんが歩いてきた。

まっ白な帽子をかぶり、白いスーツ、白ストッキングに白いハイヒール。髪もまっ白だ。それも老婆のように自然な感じの白髪ではない。いかにも安物のカツラです、というような、合成品じみた白髪。それに顔の色が何というのだろう。普通の白粉の白さではなかった。舞台で使う白のドーランを全面に塗りたくったような白さ。デスマスクのような白さとでもいうのだろうか。

その異様な風体の女が、十メートルほど向こうから、ゆっくりと歩を進めてくるのだ。

私は、酔眼もうろうとしている目を何度もこすった。何度目をこらして見ても、それは〝白いメリーさん〟だった。

やがて白いメリーさんは、手が届くほどの距離まで近づいてきた。私は金縛りにあったように立ちつくしている。

白いメリーさんは、無言のまま、私の横をゆっくりと行き過ぎようとする。私は腕をのばして白いメリーさんの片腕をつかみ、ぐいっと引き留めた。

「由加」

白く塗りたくった顔の下には、まぎれもない、まだ幼さを残した由加の顔があった。

「ばかなことをするんじゃない」

とたんに由加が静かに泣き始めた。

この子は何を考えているのだろう。

私のせいで「嘘つき」になってしまった友人たちとの均衡を取り戻すために、自分自身が〝白いメリーさん〟を演じようとしたのだろうか。

それとも、単に私を驚かせ、復讐しようとしただけなのか。

「白いメリーさんになるの。私、白いメリーさんになるの」

由加は、しゃくりあげながらそう呟《つぶや》いた。

「何を言ってるんだ、由加」

「白いメリーさんになるの、私。お友だちもいなくなったし、お母さんもお祖母ちゃんもみんないなくなったから、私、白いメリーさんになるの」

「ばかを言ってるんじゃない。いいから、人に見られないうちに、早く家へ帰ろう」

私はつかんだ由加の腕を引いて、マンションの方へ行こうとした。

振り向いたとたんに、私は凍りついた。

道の向こうから、何十人ものまっ白な人影がこちらへゆっくりと進んでくる。

私は四方を見まわした。

四つ角の、どの方角からも何十人もの白い人影が私たちへ向かって進んできていた。

それはいずれも、白ずくめで白髪の、顔をまっ白に塗りたくった女たちだった。

八十近いような老婆もいれば、四十代、五十代らしき女もいる。若い女もいるし、中には小さな少女もいる。

白い人影は、私たちまで二メートルほどのところで円を描いて立ち止まった。

その中の一人、八十くらいの白いメリーさんが、一歩進み出て、由加に手をさしのべた。

由加は歩み寄ると、その手を取った。

しわがれた声が聞こえた。

「いっしょに行こう。白く白くなろうね」

「はい」

由加が答えた。

「いかん。もどるんだ、由加」

私の叫びは声にならなかった。

次の瞬間、由加を含めてすべての白い人影が消えた。

そして、今年初めての雪が降り始めた。

ラブ・イン・エレベーター

このエレベーターに僕が乗ったのがいつのことだったか、もうわからなくなってしまった。何週間か、何ヵ月か、ひょっとするともう何年も前のことなのかもしれない。とにかく、ずいぶん長い間こうして彼女といっしょに箱の中で過ごしていることは確かだ。エレベーターが故障しているわけではない。その証拠に、上昇していく感覚がある。船員が船に慣れるように、今ではもうその上昇感覚には慣れっこになってしまったけれど、時おり箱自体のかすかな揺れで、このエレベーターが上昇中であることを思い出す。ドアの上部にある表示盤も、エレベーターが何階かを通過するごとに点滅を繰り返している。屋上への直通エレベーターなので階数の表示はない。

「いったい今何階なんだろう」

僕は、うんざりするほど繰り返した質問を彼女に投げる。

「さあね」

と彼女はこれまたいつもの答えを返してくる。この質問からも答えからも、とっくに意味がはげ落ちてしまっていて、それはもう僕と彼女の形骸化した習慣《しきたり》のようなものだ。このエレベーターがほんとうに言葉本来の意味で『昇って』いるならば、僕たちはもうとっくに成層圏を飛び出して月の軌道のあたりまで到達しているはずなのだ。

「超高層だとは聞いてたけど、こんなに高いビルだとは思わなかった」

これは僕が彼女に最初に言った冗談である。

「これはバベルの塔なのよ、きっと」

そのときの彼女の答えを、今では僕たちは半ば本気で信じ始めている。

新聞でこのビルのことを読んだときには、たしか七十二階建てのビルだと書いてあったはずだ。屋上には広大な「空中庭園」が設けられており、これは新都心の名物になるはずだった。ビデオ制作の仕事をしている僕は、軽いロケハンのつもりで、休日にこのビルにやってきたのだった。屋上行きのエレベーターは、平日には付近のＯＬたちで行列ができているという話だったが、休日のこのビルのフロアには人っ子一人いなかった。大理石模様の壁に囲まれたフロアは冷たく静まり返って、僕は自分がキリコの絵に描かれた無時間の世界に迷い込んだような気になったものだ。

だから、地階から上がってきたエレベーターの中に、彼女という先客がいるのを見たときには驚きと喜びがないまぜになった軽いショックを覚えた。彼女は休日出勤のOLなのだろう、どこかの会社の制服らしきものを着ていた。小柄で、ゆるやかなウエイブのかかった栗色の髪を肩口のあたりで束ねている。彼女の顔つきにはどこか猫の眷属《けんぞく》を連想させる、愛らしさと高慢さが同居していた。彼女はエレベーターに乗り込んできた僕を見ると、事務的な口調で、

「屋上直通ですよ」

と念を押した。僕はうなずいてみせた。そしてドアが閉まり、今のこの『上昇』が始まったのだった。

もちろん、最初の何時間か、この異様な状態に気づいた僕たちは、驚愕《きょうがく》し、狼狽《ろうばい》した。彼女は泣き喚《わめ》き、エレベーターの壁をどんどん叩《たた》いた。僕は非常ボタンを押し、何とかエレベーターを止めようとした。すべての努力が無駄であることを悟ったのは、『上昇』が始まってから何日も経《た》ってからだった。僕はエレベーターの天井部にある脱出口のフタを外してエレベーターの屋根に上がってみた。上昇のためにおこる風圧で長くはいられなかったが、見上げた上方にはどこまでも続く暗いトンネルがあるだけだった。トンネルの四周の直線は徐々に狭まっていって無限の彼方で一つの点に結

ばれているようだったが、そこに光は見えなかった。

　僕たちはこのエレベーターに何がおこっているのか、ありとあらゆる可能性を拾い出して議論をした。どこか違う次元のところに行ってしまったのではないか。あるいはトンネルの最上階と一番下の階が何らかの歪《ゆが》みでつながってしまった、そんな輪のような空間の中を無限に進んでいるのではないか。あるいはこの揺れも外の光景も何者かの作ったシミュレイションで、僕たちはその中でテストされているのではないか。これは幻覚なのではないか。これは僕の夢の中なのではないか。僕たちはエレベーターの事故ですでに死んでしまっていて、霊だけが無限反復をしているのではないか。考えられることは全て考え尽くしたが、エレベーターが上昇し続ける限り、答えは出しようがなかった。

　不思議なのは、僕たちに生理作用がおこらないことだった。もう何日も経過しているはずなのに、空腹感にも襲われず、排泄の欲求もおこらない。まるで羊水の中にいるような状態なのだ。そんな中で、僕たちにやってきたのは深い諦めの感情だった。底が見えないような諦めの感情の中で、やがて僕は彼女を愛し始めた。少しずつ、少しずつ。発狂せずにいるためには、そうするより他になかったのだ。

『上昇』が始まって四日目か五日目に、僕たちは最初のセックスをした。彼女は服を脱がずにパンティだけを取った。

「急にドアが開いて誰かがいると困るから」

というのが理由だった。僕たちはその言葉に大笑いし、その後で悲痛な気持ちになった。

彼女はセックスの感覚の中に没入しようと懸命に努力しているようだった。しかし最初のうちはなかなかうまくいかず、それは僕も同じだった。回数を重ねるうちにやがて僕たちはそのことに意識を集中できるようになり、彼女もそのときは服を脱ぐようになった。僕たちはそのことに熱中した。体力の続く限り、一分でも一秒でもその行為を持続させようとした。セックスをしていない時間には、僕たちはお互いのことについてしゃべり合った。最初のうちは堰《せき》を切ったように自分のことをしゃべった。どこで生まれて、どう育って、何をして生きてきたのか。何が好きで何が嫌いか。宗教についてどう思っているか、死にかけたことが何度あるか。神秘的な体験についてはどうか。

そのうちに、僕はそうした情報の噴出が、あまり賢いやり口ではないことに気づいた。このエレベーターの中は、つまりアラビアンナイトの空間なのだった。ひとつひとつの話を順序立ててできるだけ詳しく、ゆっくりと話していかねばならない。エピローグを無限に先へ先へとのばしていかなければならない。エレベーターがいつ止まるのか、僕たちにはわからないのだ。千一番目の話が終わったときに、エレベーターがまだ上昇していたら。語るべき何ものもないときに、エレベーターがまだ上昇していたら。そのときこそ僕たちは発狂するだろう。僕と彼女は記憶の底の底までをさらい上げながら、ゆっくりと自分の年代記を読み上げていった。一番最初に笑った記憶、一番最初に歌った記憶、一番最初に傷ついた記憶。この方法は途中で修正され、僕たちの人生の中のひとつひとつの要素について編年体で語っていくことにした。つまり「食べ物」なら食べ物というテーマに集中して、幼時記憶から現在までを再現していくのである。そうすれば話すことは無限にありそうな気がする。そうして僕たちはお互いのことをしゃべり合った。しゃべっていないときは眠るかセックスしているかだった。たしかに話は尽きることはなかった。しかし、そのうちに僕はあることに気づいて、今度こそ骨の内側まで凍りつくような恐怖に襲われた。つまり、僕は彼女に「飽き始めて」いたのである。

彼女は平凡な女だった。彼女が話せば話すほど、彼女のすべてをおおっている凡庸さがあらわになっていった。彼女の魅力や特徴に見えていた、高慢さや愛らしさは、結局のところ彼女の愚かさや鈍さの照り返しに過ぎなかった。彼女が話せば話すほど、僕がこの女を愛する理由が失われていくような気がするのだった。同じような気持ちは、彼女も僕に対して抱き始めているようだった。

それでも僕たちは憑かれたようにしゃべり続けていた。僕たちの間にかつて確かにあった愛と、それが壊れていくプロセスについてまで語り合ったのだ。しゃべり終わることへの恐怖につき動かされて、僕たちはただただ狂ったようにしゃべり合った。そして、愛について語り終えたとき、つまりほんとうにもう話すことがなくなったとき、ガクンという振動とともにエレベーターが止まった。

「止まった……」

僕と彼女は顔を見合わせた。エレベーターのドアがシュッと開いた。僕と彼女はお互いを押しのけるようにわれ先にとドアの外へ飛び出した。二人が飛び出すと同時に、後ろでドアがまた閉まった。僕は周囲を見まわした。僕たちはエレベーターの中にいた。エレベーターの『外』に出たら、そこはまたエレベーターの中だったのだ。彼女はさっきまでとほとんど同じ広さのボックス内を見まわして、それから僕を見た。そして無表情にこう言った。

「これは下りの、、エレベーターのようね」

ガクンと箱が揺れて、『下降』が始まった。

頭にゅるにゅる

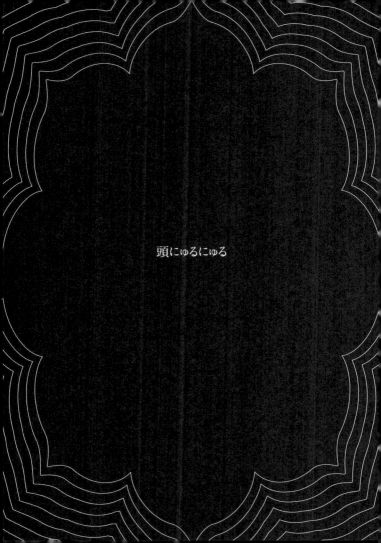

あれがやってきた。

バーボンを注いだグラスから手が離れない。

その手は細かく震えている。

朝、目が覚めた直後に枕元のボトルを手に取ってラッパ飲みする。ベッドの中で五口くらい飲み下す。身体《からだ》がONになってようよう起き上がる。ダイニングのソファに腰を下ろして震える手でピースに火を点《つ》け、深々と煙を吸い込む。キッチンに行って氷を取ってくる。昨日の飲み残しの色淡くなったグラスのウィスキーに、どぷどぷと濃い液体を入れ氷を放り込む。

それから延々と飲み続けている。時々妻が横を通ったような気配もするが声もかけない。何時間飲み続けているのかもわからない。今が昼なのか、夕方なのか、夜なのか、それすらもわからない。バーボンのボトルが空になる。台所の裏へ行ってケースの中から新しいのを取ってくる。ふたをねじ切ってグラスへ注ぐ。グラスの外へ注いでいることもある。

「連続飲酒」である。

今日で確か四日目だ。

酒を口にするようになって、三度目の連続飲酒だ。

一回目は三十五歳のときで二週間連続飲酒が続いた。コーラ色の非常に嫌な匂いのする小便が出、まっ白な大便が出た。胆汁が出ていないからだ。体中が、ことに白目がまっ黄色になった。気だるくて動くこともままならなかった。固形物は一切喉を通らない。ミルクと蜂蜜をなめていた。タクシーを呼んで病院へ行き、もちろん即入院となった。アルコール性肝炎である。五十日の入院になった。

二度目は今から八年前。四十二歳の厄年の頃である。経過は全く同じである。ある日、突然飲み出して、一瞬も酒を遠ざけることができない。とにかく朝起きた途端にもう飲み始めている。夜、昏睡するまで飲んでいる。それが何日も何日も続く。食事は摂《と》らないというより摂れない。社会的なあれこれは全くできない。おれは幸い作家稼業なので、人に会うことはない。ＦＡＸと電話があれば全てはかたづく。誰もおれの連続飲酒には気づかない。知っているのは妻だけだ。妻はおれの酒を止めようとはしない。すればおれが半狂乱になって暴れるのを知っているからだ。酒に狂った頭で原稿などは一字も書けない。「体調を崩して」という言い訳で何本もの小説を落とした。

飲み続けるうちに一種の躁《そう》症状のようなものが出てきて、言動に異常をきたすようになってきた。テレビの画面をハンマーで打ち砕き、飼い猫の耳を切り落とし、カーペットの上に糞をした。このときは救急車がきて病院へ運ばれた。七十日間の入院だった。

酒を初めて飲んだのは十八のときで、さして早い方ではない。

場所は平戸の旅館だった。修学旅行の最中だったのだ。四人部屋で、同室の某が一升壜《びん》を買ってきた。湯呑《ゆの》みで回し飲みするうちに、誰かが、

「酒を飲むということは、何か肴《さかな》がいるのではないか」

と言い出した。皆がリュックの中を探したがそれらしきものは何も出てこなかった。在ったのは土産用のパイナップルが一個である。仕方がないのでそれを輪切りにしてつまみながらの奇妙な酒盛りになった。

そのうちに酔ってきたおれは一升壜を持って押し入れの中にたてこもってしまった。

薄闇の中でぐびぐびと飲んでいると、何が何だかわからなくなってきた。そこに体育の教師が見回りにきた。おれは押し入れから引っ張り出されながら、「触るなこの安月給」とののしったらしい。教師はおれを便所に連れていき、口の中に指を突っ込んで無理矢理吐かせ、そして大量の水を飲ませた。最後に布団に押し込んだ。次の朝、目覚めたときには全く何も覚えていなかった。だから以上は同室の者から聞き出した話である。

教師はおれの醜態を上司に報告しなかった。いい教師だったのだ。

次の日は長崎で、くらくらしながら皿うどんを食べて、すぐに全部吐いた。地獄の如き二日酔いだった。

おれはもっと酒に強くなりたいと思った。

そして「修行」を始めた。トリスのポケット壜を買ってきて、毎晩それを夜中に一本飲んだ。最初のうちは一本飲んだだけで天井が回った。が、そのうちに一本飲んでもけろりとするくらいに手が上がってきた。次には毎晩ポケット壜を二本飲むことにした。やはり最初のうちは目が回ったが、次第に平静でいられるようになった。

そうなると自信がついて、今度は街で飲むようになった。学校が退《ひ》けると悪友たちと神戸へ繰り出し、労働者が集まる安酒場へ行った。当時、二級酒が六十五円で納豆が三十五円だった。みんな金がないので肴は納豆しか取らない。四人で一皿である。それも誰も箸をつけない。「にらみ納豆」である。それよりも一本でも多く酒を飲みたかった。

トリスでの修練が効いて、酒はおれが一番強かった。路地裏で悪酔いした友人の介抱をするのはいつもおれの役目だった。

そんなことをして遊んでいたので、大学には落ちた。神戸の予備校に通うことになったのだが、やはり授業には出ず酒ばっかり飲んでいた。

次の年に三流の大学に入った。この学校にはなぜか九州出身の猛者《もさ》が多く、おれは焼酎の味を覚えた。貧乏学生が、二間のアパートを借りてそこに四人で住み込んでいる。そのうちの一人は女性だった。みんな昼間からよく飲んだ。つまみはない。

ある日、そのうちの一人が「玉子焼」を作ってくれた。細くて長い玉子焼だった。口にしてみると無茶苦茶に塩辛い。塩加減をまちがえたんだろう、と言うと、その男は「いや、そうじゃない。これだけ塩辛いと少しずつしかかじれないから酒がたくさん飲めるんだ」と説明した。「にらみ納豆」の原理である。酒を飲むときにほとんど物を食わない習性はその頃身について、五十歳の今に至るまで続いている。

大学を卒業してから小さな印刷屋に営業マンとして滑り込み、都合十二年間重い紙を運んだ。夜になればもちろん居酒屋で大飲した。楽しい酒もあれば苦い酒もあった。休日は家で昼間から飲んだ。

ある日曜日に一升壜を傍《かたわ》らに置いて昼の二時くらいから飲んでいたら、やがて夕闇が訪れて、ふと見るとその日に開けた一升壜が空になっていた。しかし全然酔ってはいなかった。

「あれ。もうなくなったのか。もっと飲んでもいいが、まあ今日はこれくらいにしとこうか」

そういう酒量だったのである。

三十歳になって、たまたま書いた広告文案の文章が某出版社の編集者の目に止まった。エッセイを書いてみないか、と言われて引き受けたら、その連載がまた評判になって、以降陸続とエッセイの依頼がくるようになった。月に四十本書くようになって、すると今度は小説を書いてみろと勧められ、二百枚くらいのものを一本書くと、これは一万部売れた。小説の依頼も多くなり、これでは身体が持たないので会社を辞し、女の子を一人置いて自分の事務所を作った。

タイムカードというものが無くなった。

これがアル中のきっかけである。昼間から飲んでいようが、とがめる者は誰もいない。いつも飲みながら書くようになった。

おれは生来、かなりのせっかちな性分でかつ面倒臭がり屋である。

小説を書く際にはすでに物語は頭の中ででき上がっている。それを丹念に一字ずつ原稿用紙のマス目に移し替えていく。田植えのように地味で根気のいる作業だ。評論家によっては、エクリチュール、書くことが作家にとっての「体験」である、という人もいるがおれにとってはそんな上等なものではない。延々と続く田植えである。面倒臭くて歯がゆくてならない。酔えばこのいらつきが緩和される。農業人にとっての「田植え唄」のような役割をアルコールが果たす。三十枚くらいの小説を三日もかけて書くというようなことは性格が許さない。ウィスキーをあおりながら必ず一晩中に書き上げてしまう。ときには書いている最中に大酔してしまうこともある。それでも筆は無意識のうちに文章を綴り続けている。朝、起きると前夜深更の記憶が無い場合があって、それでも文机の上を見るときっちり三十枚の原稿用紙が揃えて置かれている。読み直してみるが別に乱れたところはなく、頭の中にあったものがそのまま原稿用紙に移し替えられている。

ずっとそういう調子でやっていた。

異変があったのは事務所を開いてから一年たった頃だった。推理ものの芝居の脚本を引き受けた。役者は東京乾電池、戸川京子、内藤陳と錚々《そうそう》たる顔ぶれで、演出は大林宣彦監督だった。

その脚本が、書けない。

ミステリーのトリックを案出することができない。自分に不可能な分野のあることを受注してから初めて悟ったのだ。愕然《がくぜん》とした。事務所にずっと泊まり込みで毎日悶々《もんもん》とした。公演の期日が迫ってくる。役者は脚本を待っている。プロデューサーからは毎日電話がかかってくる。なのに一行も書けない。おれは蒼《あお》くなった。アルコールを入れれば何か良いアイデアが出るのではないかとウィスキーに手を出した。

そして最初の連続飲酒が始まった。

結局、脚本は公演の数日前になって何とか一応の形だけは作ったものの、ひどい駄作だった。

そうして駄作がＦＡＸで送られた後に、連続飲酒のアディクトだけが残った。こいつはどうにもぶっ倒れるまで歯止めが効かなかった。

連続飲酒には必ずモチベイションがあるのだ。

二度目の連続飲酒にも原因はあった。

飼っていた犬が車に轢《ひ》かれて死んだ。

ドッギーという名のそのシェットランド・シープドッグはなかなか愛嬌のある奴で、頭も良かった。おれが家に帰ると、ガレージの隅の小屋の前でちぎれるように尾を振った。「お手」「お座り」「ちんちん」「おあずけ」「ハウス」、何でもできた。犬臭い息をはっはっと吐きかけてくるドッギーの耳の後ろを掻《か》いてやりながら、

「おれな、今日、ヘマしちゃったよ」

妻には言わないことをドッギーに語りかけるのが家に帰る楽しみのひとつでもあった。

「ドッギー。〝ひとつ〟のことは」

と問うと、ドッギーは、

「ワンッ」

と答えた。

「じゃ、〝ふたつ〟は」

「ワン、ワンッ」

この儀式がすんで初めておれは家の中に帰り、シャワーを浴び、ビールを飲むのだった。

そのドッギーが、ほんの少し目を離している間にチェーンを外し、家の外に走り出てしまったのだ。おれの家は静かな住宅地だが、少し離れたところに大型トラックが唸《うな》りをあげて追い抜き合う国道がある。ドッギーはその道に出て、トラックに踏みつぶされて死んだ。口から血が大量に流れ、腹がぺしゃんこになっていた。

おれは庭にスコップで穴を掘り、ドッギーを埋めた。墓標は立てなかった。代わりにドッギーが好きだった「こんにゃく」を一緒に埋めた。変な犬だった。

二日ほど呆然《ほうぜん》としていたが、三日目の昼からおれの連続飲酒が始まった。

今回の連続飲酒にも原因はある。

それは「対談」である。明日、東京にまで出向いて作家の渡部茂一とホテル大蔵で話をする予定になっている。某文芸誌の企画になるものだ。

渡部はおれが最も嫌悪する作家である。

年は七十にあと二、三年で手が届くくらいだろうか。文学界の大御所である。実際、小説もよく売れる。頭の悪い女がこぞって手を出すので版を重ねる。彼女らが普段足を踏み入れることのない高級料亭やその料理、三ツ星レストラン、気の効いた静かなバー、きらびやかなパーティ。ヴィトン、シャネル、エルメス、さり気なく手渡されるプレゼント。ダイヤ、サファイア、ルビー、オパール、超高級ホテルのスウィート・ルーム。女たちがよだれをたらしそうなものが際限なく登場し、ヒロインに与えられる。しかし渡部の小説のテーマは女の飼育であり羽化である。要するにヘップバーンの「マイ・フェア・レディ」の和製版であり、主人公の最終的な願望は羽化させた女に緋色の長襦袢《ながじゅばん》を着させてシーツの上に横たえ、その足の指をなめる。それだけなのだ。出す本ごとに趣向は違うが渡部が三十年間書き続けているのは皆同じ小説であり、老人の変態的な妄執なのだ。おれは渡部の作品を一冊読んだだけで非常に立腹して庭の枯葉を集めてその本を焚書《ふんしょ》にした。屑にも価しない。おれの失った三時間を返せ、と怒鳴った。全てが同一の手口とフェティシズムに基く小説であることはたくさんの出版社の担当者から聞いて、その度に不快を感じていた。まあ、そんなものは無視していればいいのだが、おれが二回目の連続飲酒に陥る少し前、おれの作品がある文学賞にノミネートされた。「ガイアの悲鳴」というその作品はおれが八年間にわたって世界二十数カ国の発展途上国をフィールドワークし、万巻の書にあたって調べた資料を使った、地球規模の環境破壊を訴える一冊だった。もちろんエンターテイメントなのであらゆるアイデアを注ぎ込んでスリリングに仕立て上げた。全部で千八百枚ほどの大部のものになった。

この賞の選考委の一人が渡部だった。渡部が「ガイアの悲鳴」を評して、「私なら三百枚でこの小説を書ける」と発言した。おれは木刀を持って渡部の家に行こうと本気で考えた。だいたいが文学賞というものは頼みもしないのに人の作品を勝手に取り上げて、誉《ほ》めたりくさしたりした挙句に落選させる、非常に迷惑なものだ。「ガイアの悲鳴」は結局選考委一同が渡部の顔色を窺《うかが》った末に落選したのだが、その半年後にもっと大きな賞を与えられた。

渡部に対してはそのための私憤といったものはもちろんあるにはあるが、そうした感情に固執するのは自分を卑しめるだけだ。それよりも、こういう下らない作家を文学界の権力として容認している者たちに怒りを覚える。

そんな嫌いな作家となぜ対談するのか。それはもちろん渡部を文学論で問い詰め、罵倒《ばとう》し、鉄槌を下すためである。おれは酒を飲んでいてもいなくても、通常は至極静かな人間である。たまに口を開けばそれはたいていジョークだ。ただ、腹から怒ったときのおれの破壊力には凄《すさ》まじいものがあるようで、相手を二度と立ち直れないまでに叩《たた》きつぶしてしまう。ただ、そんな怒りは滅多に起ることではなくて、この五十年間で二度あっただけだ。公憤以外のものがおれを暴れさせることはない。連続飲酒の際に異常行動を取ることもあるが、これは病理の問題である。

一カ月前に編集者から対談の依頼があってすぐに受けたが、このひと月、対談のことは努めて考えないようにしていた。それが四日前、夕食を摂りながら日本酒を三本飲んだ。それからウィスキーに切り換えて、テレビで「ジュラシック・パーク」を見ながらオン・ザ・ロックを啜《すす》った。琥珀《こはく》の中に封じ込められた蚊の腹の中から恐竜のDNAを取り出すという発想がなかなかに面白かった。その後の恐竜が出現して暴れ続けるシーンはまあどうでもよかった。CGの使い方に注意を払って見続けていた。見終わってチャンネルを変えるとNHKでやはり恐竜を扱った科学番組があった。これも興味深く見た。BBCの制作で非常にウェルメイドだった。ふと、

「渡部のような、イメージばかりの巨大化した作家も恐竜のようなものだ。今に隕石《いんせき》が落ちてきて天誅《てんちゅう》が下るであろう」

と思った。思ったそのときに、その隕石とは実はおれのことだと考えた。テーブルの上を見るとバーボンが六割がた飲まれていた。おれは対談のことを考えながら更に飲み続けた。そのうちに壜が空になった。妻に言って二本目を持ってこさせた。その二本目を相手に飲んでいると、そのうちに朝刊が来た。新聞を広げてみたが酔眼もうろうとしてよく読めぬ。二本目の壜が底を尽きかけた頃になって、何だか泥のように

心の形が失《な》くなって、そのままソファで眠ってしまった。

次に目が覚めるとまだ酔っている。目の前のテーブルには飲み残したウィスキーがある。迷わずそれを水か何かのように喉に流し込んだ。そして新しいボトルを取りに台所の裏に行った。それからだ。片時も離さずにグラスを手にしている。その日は出前の蕎麦《そば》を一枚食ったが、それが最後の食餌行動になった。二日がたち、三日がたち、酒屋に言ってウィスキーのケースを持ってこさせ、それを一本、また一本と、ボトルから胃の中に移動させる。やがてこれはコレラではないかというような水便が出始めた。酒しか飲んでいないのに何で糞が出るんだ、と志ん生は不思議がっていたが、確かに奇妙なことだ。三日目くらいになると、時間の観念が薄れてきた。今が昼なのか夜なのか定かでないが、そんなことはもうどうでもよくなってくる。ビデオで昔の映画を見ながら飲む。ウォルト・ディズニーの「ファンタジア」を何度も繰り返し眺めた。妻は少し哀しそうな表情を見せることもあったがおおむね恬淡《てんたん》と振舞っていた。内心で腹を据えたのだろう。この連続飲酒を止めるには妻の力は及ばず、いずれくるカタストロフィーを待つしかないのだった。

次の日、新幹線で東京へと向かった。バッグの中には着替えが少しとウィスキーが二本入っていた。妻はその中に健康保険証をさり気なく忍ばせた。

車中でも飲み続けていた。コップがないので、まず売子から水割りを一杯購入し、そのスチロール樹脂のコップを使って延々と飲んだ。天気の良い日で、三島では富士山がくっきりと見えた。

東京駅からタクシーでホテル大蔵へ行く。月刊誌のおれの担当者と渡部の担当者、それに編集長、カメラマンである。

ロビーでは四人の人間が待っていた。渡部はまだ来ていない。おれはルーム・サービスに氷を注文した。この時点ですでにおれは尋常の状態ではない。酔うも酔わぬもない。五日間飲みっ放しなのだ。血液はすでに半ばアルコールと化し、γ-GTPは八百を越えているであろう。編集者は工場で大量生産したような笑顔を顔に貼りつけて、何やかやとお愛想を言ってくる。それに対しておれは丁重に返事をする。おれは大酔してもろれつが回らなくなる、ということはないのだ。

スウィート・ルームに通される。

八分遅れて渡部が到着した。

和服を着ている。高価なものなのだろうがおれにはその辺の目利きができない。おれはVネックの黒いTシャツの上に安物のジャケットを着、下はくたびれたジーンズだ。V字型に開いた胸にはやせたあばらが二本ほどむき出しになっている。渡部はでっぷりと肥えている。あごが二重にたるんでいて、下腹も膨れ上がっている。それでは小便をしても自分の陰茎は見えないだろう。作家は座業で運動をしない。そのくせ日夜美食に明け暮れるからこうなるのだろう。目は大きな二重で、目袋が重たげに垂れていた。

編集者が言った。

「先生がた、お飲みものは」

渡部は少し考えて、

「あ、じゃ、僕はアイス・コーヒーを」

「おれは持参だからいい」

おれは氷の入ったグラスに取り出したバーボンをどぼどぼと流し入れた。渡部は目を見張ってその様子を眺めていた。

編集者が、今回は巻頭特別対談であって、「近代と文学」について語っていただきたい、といったことを長々と述べた。対談が始まった。

「渡部さんは、文学とはつまるところ人間を描くものであって、いわゆるトリック・ノベルのようなものが不毛なのはそのためだ、と何かの評論でおっしゃっておられたが、おれはそれは違うと思う。たとえば小説が『岩』を描くものであってどこがいけないのか。オーストラリアにはエアーズロックという巨大な一枚岩があるが、その岩と風と嵐と鳥との何十万年にもわたる経緯を描いたものであってもよいのではないか。現にあそこの原住民のアボリジニの歌はそういうものですよ。白土三平は猿の生態を劇画化している。筒井康隆はエンピツと消しゴムを描いた小説を出している。渡部さんの文学論というのは五百年前のものだ」

これでもおれはやんわりと始めたつもりだったのだが、渡部は急にむっとした表情になった。そして何やらモリエールを出して訳のわからない反論をした。おれはそれに対して、あなたはここ百年の文学の変異を何も知らない、シュールレアリスムも構造主義もソシュールも知らぬ存ぜぬで、ただただ女の長襦袢について延々と書いているだけではないか。しかも販売戦略で女の喜びそうなオーバー・デコレイションをくっつけて、とやった。

すると渡部は、

「ここは日本だ」

とまた頓珍漢《とんちんかん》な発言をした。話はそれから何十分も続いたが、これは象と鯨ではどちらが強いか、といった類《たぐい》の全く意味のない話し合いで、使っているのが日本語だということだけが共通項である、それだけだった。渡部は泉鏡花にせよ、谷崎にせよ、三島にせよ、全く噴飯ものの解釈をしていた。中上健二に至っては読んだこともなかった。おれは自分が「馬鹿と話している」という事実に改めて気づき、予期はしていたもののやはり愕然とした。おれは絶え間なくピースを吸い、ウィスキーを鯨飲し、するうちにすっかり「馬鹿負け」してしまって段々話すのも阿呆らしくなってしまった。と、幸いに胃の中からせり上がってくるものがあったので、対座している間のガラステーブルの上に思いっきり嘔吐《おうと》した。渡部は驚いて後ろに下がった。おれは立ち上がりながらテーブルの上のものを指さして言った。

「あんたの書いたものはね、みんなこれだよ。ただのゲロのかたまりだよ」

そしてうろたえる全員を尻目に、退室した。

これが後日巷で話題になった「ゲロ対談」の全容である。しかしそんなことはどうでも良かった。問題は、家に帰ってからもおれの連続飲酒が止まらなかったことである。肝臓は完全に腫《は》れ上がっていた。それは腹の上から手で触っても感知できた。頬はこけ、胸は筋骨が浮き出、下腹だけがぽこんと出て、寺にある地獄図絵の餓鬼そっくりだった。それでもウィスキーだけは飲み続ける。思考は途切れ途切れになり、座ったまま小便をすることがあった。眠りは浅く短い。その短い眠りの中で、飲む夢を見ている。

東京から帰って四日目だったか、吐き気を抑えながら飲んでいると、妻が見るに見かねたのだろう、何か丼鉢を持ってきた。覗《のぞ》いてみると、それは玉子の入った熱そうなうどんだった。

「あなた。一口だけでも召し上がったら」

と妻は言った。おれ自身も、このまま何も食わなければ死ぬ、と思っている。こわごわそのうどんの鉢の上に顔を近づけた。もわっとした出汁《だし》の匂いが鼻をついた。その途端、おれは急激な吐き気とともに気を失い、うどんの鉢の中に顔を突っ込んだ。

「目が覚めましたか」

と声がした。声のする方を見ると、中年の医師がおれを見て微笑《ほほえ》んでいた。

おれはパイプベッドに横たわっていて、左腕に点滴の針が刺さっていた。

「肝性昏睡という奴ですよ」

医師はカルテに何か書き込みながらそう言った。見渡すと六畳ほどの個室だった。

医師は本上《ほんじょう》だと名乗った。四十四、五歳くらいの小柄な中肉の男だった。医師は手を延ばしておれの両のまぶたを裏にめくり返した。

「軽い黄疸《おうだん》が出てますね。血液検査をさせてもらいましたが、GTP、GOT、ともにかなり高い数値が出ています。アルコール性肝炎です。奥さんにお聞きしましたが、こうなったのは三度目だそうですね」

「はい、そうです」

「今、気分はどうですか」

「はい。一杯やりたいです」

本上医師は軽く笑った。

「栄養失調になってますから、今、栄養剤の点滴をしています。他には精神安定剤と睡眠薬を静脈注射しました。十八時間も眠ってたんですよ、あなた」

「ああ、そうなんですか」

「今はまだ血液中にアルコールが残っている状態です。これがすっかり抜けると禁断症状の出る怖れがあります。肉体的なものでは手足の震えや悪寒、見当識障害、それに幻覚幻聴が出る場合もあります。今までに経験はありますか」

「ええ、震えは。しかし幻覚はありません」

「たいていは小動物や小さな虫が体を這《は》い回るといったものが多いんです。それが起こったらすぐここのナースコールを押してください。入院はけっこう日数がかかりますよ。毎日、尿と血液の検査をして経過を見ていきましょう。とにかく安静と栄養、それしか療法はありません。ご存知ですね」

「はい、知ってます」

「今日の夕方から食事が出ます。できる限り食べてください」

「あの、うちの奴は」

「奥さんは今、家に着替えなんかを取りに行ってらっしゃいます。何しろ突然の救急車だったんでね」

本上医師はてきぱきと説明をすませると部屋を出ていった。ドアが閉まると部屋は静かで、時計の音だけが耳に届いた。どこか遠くで鳥が鳴いていた。しばらくするとまた眠気が襲ってきて、おれはとろとろと眠りに落ちた。

その日の夕食は魚の煮物と高野豆腐、野菜の煮物などで美味《うま》そうだったが結局喉を通らなかった。あんなに眠ったのに、夜はまた睡眠薬を投与されて深々と眠った。

次の朝は点滴で看護婦に起こされた。血液と尿も採る。朝食はパンとミルクとチーズだったが、食うことができた。固形物を食べたのは久しぶりのことだ。

その他、数種の検査があって午前中はけっこう忙しかった。昼食はおかゆと玉子焼き、野菜の煮物で、これもきれいに平げた。昼過ぎになってやっとひまになった頃、妻が来た。

「具合はいかが」

「うん。どうもな、体の中がざわざわざわするんだ」

「ざわざわ？」

「ああ、うまく説明できないんだけれどね」

実際、鳥肌が立つのに似た妙な感じが全身にあった。手は目に見えないほどだが、細かく震えていた。妻は二時間ほど居て、おれが出した出版社への原稿延期願いなどの細かい指示をメモし、湯茶の用具やタオル、歯ブラシ、下着などを置いて帰っていった。

それから一時間ほど、何をするでもなくぼんやりしていたら、ぺんぺん、と妙な音が聞こえる。小さな音だが、どうやら耳の中で鳴っているような按配である。

それから猛烈に頭が痒《かゆ》くなってきた。そういえば長い間風呂にも入っていないのだ。両手で髪に手をやって頭をわしわしと掻く。するとおかしなことに気づいた。頭の上部がずれるのだ。頭頂部から耳の上五㎝くらいまでの丸い頭蓋骨の部分が、ちょうど吸物椀のふたのようにくりっくりっと円《まる》く動く。これは何だろう。さらに髪の毛を引っ張って左右に回していると、その頭蓋骨のふたがぱかっと上に浮いた。そしてその浮いた頭のふたとおれの頭本体の間にできた隙間から、何かがにゅるにゅるとあふれて流れ落ちてきた。その何かはうどんだった。頭の中から白いうどんがぬるりと這い出してきたのだ。途端に耳の中のぺんぺんという音が急に大きくなった。今度は耳の外側からはっきり聞こえてくる。音のする方を見ると、病室の床の上に花魁《おいらん》が一人座って三味線を弾いていた。のっぺりと白い化粧をした花魁だった。ぎょっとして見ているとその間にもうどんは流れ出てきて顎《あご》の方まで垂れてくる。どうする。

頭のふたが取れるといかんので身動きはできない。花魁は三味を弾き続ける。うどんは後から後から出てくる。窓から入る光が夕陽のそれに変わりつつあった。

「それはまた派手なものを見ましたなあ」

本上医師はおれの腕に注射をうちながらくつくつと笑った。禁断症状の幻覚でそんなスペクタクルを見たのはあなたが初めてでしょう、と言う。

それ以来幻覚は二度と現われず、おれは薄紙をはがすように少しずつ健康を回復していき、都合六十日で退院した。
それ以来、蕎麦は食うがうどんは食う気がしない。蕎麦屋ではもちろん酒を飲む。

解説

大槻ケンヂ（ロックミュージシャン）

本書は中島らも作品の入門書として、小説の中では最適な一冊ではないかと思う。一人でも多く、特に若い世代に中島らもの小説が読み継がれていけばうれしいな、と、らもさんファンの一人として強く思う。

「日の出通り商店街 いきいきデー」は、定期的に行われる殺し合いOKの日に、商店街の人々がそれぞれ得意の道具を武器として用いるという破茶目茶談だ。天ぷら屋は天ぷら鍋の油を、中華料理屋は中華鍋などを使う。らもさんはこの、日常品なんでも武器化の発想を気に入っていたようで、後には入院体験を元に、車椅子を殺人マシーンとして復讐に用いる長編「酒気帯び車椅子」も書いている。そもそも武器が好きだったのだろう、一時期、メリケンサックなどの武器を服にしのばせ、武装化していた。「襲われてもこれで反撃や」と言ってメリケンを取り出して見せてくれるのだけど、何しろ動きの遅いらもさんである。武器を構えるまで30秒はかかるので、その間に15回くらいは相手に制されているのでは？　と心配になったものだ。しかし、あるライブの時に、共演者に対して口汚く野次る客に対し、メリケンサックを握ったらもさんが、
俺はなぁ、執行猶予中なんや、お前とモメてるヒマないんや、というような事をパッと言って、黙らせた。アレはかっこよかった。

「クロウリング・キング・スネイク」は、蛇女《へびおんな》の家系に生まれた少女がヘビ・メタを始めるという、これまた破茶目茶話である。駄洒落にはあきれるが、らもさんの、人や社会に対する姿勢が蛇少女に託《たく》されているように思う。蛇の姿になりながらも、少女はこう言うのだ。

「あたしはね、因果応報だとか業《ごう》だとかいって、そういう自分に責任のないもので悩むことがまずいやなの。悩んで悩んで内向的になって自閉して生きていくのがいやなの。障害者の人たちだって、車椅子で前へ前へと進もうとするじゃないの。あたしはね、そういうつらくても開かれた生き方がしたいのよ」

らもさんのライブでは、最後に出演者全員で「いいんだぜ」という曲を唄うのが定番になっていた。らもさん追悼《ついとう》ライブや、メモリアルライブでも唄われた。らもさん作詞作曲の、シンプルなリフレインの曲だ、〝君がどれだけの社会的マイノリティー

であろうとも、俺は気にしない、いいんだぜ〟と繰り返し続ける歌である。らもさんの作品は、常に弱者、はぐれ者に対する優しい視線で書かれていると思う。そして、蛇少女の宣言に対しての、漢文教師である父の返しが、また、いかにも中島らも作品なのだ。「それはつまりあれだな、杜甫《とほ》の歌っておるところの」と言って父は、中国盛唐の賢者の詩を諳《そら》んじてみせるのだ。中島らも作品はどれだけ破茶目茶であっても、ベースにはらもさんの深い教養が積み上げられている。知を知った上での破茶目茶なのである。だからこそ何度も読み返したくなる奥深さ、魅力があるのだ。「白髪急行」は、幻想文学や怪奇ロマンに関する中島らもの深い知識がうかがい知れる、短いが実に味わいのある好編となっている。

「夜走る人」は、表題作「白いメリーさん」と並ぶ傑作であると思う。ボロボロの車に住むホームレスと、彼を痛めつける不良少年たち、そして異能の持ち主である主人公、断絶した世界に生きる人々を、「ほんざす」「えくおとざす」という理解不能のワードで結びつけようと試みる時の絶望感。それでも「せめて、スポンジ地球にいま少しの恩愛の観念があればいいのだがな」とホームレスの車さんの言葉でわずかな希望を読者に与える中島らもの見事な筆致にウーンとうなってしまう。続きが読みたくなる。出来ることなら「夜走る人」主人公の長編が読みたかった。

本書の特徴として、短編なのに異様に登場人物のキャラが立っている作品が多い、ということが言えるだろう。だから長編化してほしかったなと感じる物語ばかりなのだ。「脳の王国」などは特にそうだ。一種の読心術である〝他心通〟の持ち主にして築地《つきじ》の昆布売り・加持真平の物語などは、長編、いやシリーズで読みたかった。ワクワクするオカルト小説シリーズになったのではないか。

ちなみにオカルトに関してらもさんは、ややビリーバー気味の懐疑主義者であったように思う。

エッセイ「僕にはわからない」などを読むと特にそう思えた。しかし、後にアジア旅行での神秘体験によって、グッとスピリチュアル系ビリーバーの方へシフトチェンジしたように、一ファンとしては感じていた。その変化を経てからのらもさんのオカルト小説もぜひ読んでみたかった……と、そろそろ「大槻くん、いくらファンかて勝手なこと言い過ぎやぞ」とらもさんに怒られそうなのでリクエストはもうやめておくとして……。

「掌《てのひら》」も怪奇談だが、大人への通過儀礼に失敗した男の悲哀の話でもある。蛇になってさえキッパリと自分の人生と対峙《たいじ》した「クロウリング・キング・スネイク」の少女に比べて、「掌」の「おれ」のなんと情けない幼なさか。女性は偉大、かなわない存在、という、らもさんの女性に対する敬意と、怖れ、のような感覚がにじみ出ている気もする。

「微笑と唇のように結ばれて」のマリカもまた、男にしてみればかなわない、敬意と恐怖の対象となる女性である。

そして表題作の「白いメリーさん」である。今で言う都市伝説を一早く取り入れたホラー幻想談の名作である。らもさんにしても、書き上げた時に、これはすごいのを仕上げた、という達成感があったのではないかと想像がつく。不気味かつユーモラスでエッ!? というラストを迎える。

だが面白いなと思うのは、そんな名作であるというのに、書いた当時にしか伝わらないであろう出来事や人名をいくつか使用していることだ。例えば怪しいウワサの一例として「幸田シャーミンの顔は塩化ビニール」などと出してくるのだけど、そんなの今全然伝わらないよ。「白いメリーさん」が書かれていた当時によくテレビに出ていたジャーナリストの幸田シャーミンさんの肌があまりにキレイなので、アレは実は塩化ビニールなんじゃないのか？ というタチの悪いウワサがまことしやかに人々に広まったことは僕もウッスラとは覚えている。でも、そんな芸能人のウワサ話を、後にまで残るであろう傑作に使用するのは、ちょっと効果的ではないのであろうかと思うのだ。ところがそこで、あえて（？）「幸田シャーミンの顔は塩化ビニール」ネタをブッ込んで来るのが、また中島らもの作家としての異形性とでもいうのか、興味深いところだ。広告畑で一瞬一瞬の勝負をしていた経験から身についた即報性であるのか、あるいは……最近になって思うのだけど、これはもしかしたら、らもさんの仕掛けた未来の読者のためのツッコミ待ち時限爆弾なのではなかろうか？「幸田シャーミンの顔……知らんがな!?」と、未来のらも読者にツッコミポイントを作っておいたのではないだろうか？　んなわけない、と多くの読者は思うかもしれない。でも、らもさんならソレやりかねないなぁ、と僕はちょっぴり思っているのだ。

ラストの、プロレスで言うスモール・パッケージ・ホールドのような急激なしめも見事だ。後にらもさんは長編「こどもの一生」のあとがきなどで、ラストで急激に展開するイアン・フレミングの小説の形式に影響を受けたと書いている。「白いメリーさん」を書いた当時にイアン・フレミングを読んでいたか定かでないが、ラストでいきなりガラリと世界の見え方が一変する。

次に「ラブ・イン・エレベーター」というこれまた不条理なストーリーが収められているが、今回の文庫化にあたってもう一作、個人作品集で未収録の短編「頭にゅるにゅる」が追加された。これも、らもさんを語る上で外せない一作かと思う。文学賞を取らせなかった（と主人公は強く思っている）有名作家に対して、とてもヒドい仕打ちを与える。けっして食事中には読まない方がいい物語だ。作品を通して、らもさんの文学賞に対する執着心やコンプレックス、それら負の感情が一個人にむかっていく様が赤裸々に描かれているように思う。正直に言えばこれを初めて読んだ時は「天下の中島らもなんだから、賞とか、賞をくれなくて憎いとか、そんな小さいこと言わなくていいのにな」と思ったものだ。でも今回、再読して、そういった、自身の醜《みにく》いかもわからない部分を、むしろ作品として発表できるらもさんの器の大きさに感心してしまった。やっぱりすごい人、やっぱりすごい作家、そしてやっぱりすごいロックンローラーだ。

二〇二一年十月

この作品は1997年8月刊講談社文庫を底本とし、「頭にゆるにゅる」は2002年12月刊『酒の夜語り　異形コレクション』（光文社文庫）より収録しました。本作品はフィクションであり実在の個人・団体などとは一切関係がありません。

なお、本作品中に今日では好ましくない表現がありますが、著者が故人であること、および作品の時代背景を考慮し、そのままといたしました。なにとぞご理解のほど、お願い申し上げます。

（編集部）

徳間文庫

中島らも曼荼羅コレクション#1

白《しろ》いメリーさん

2021年11月15日 初刷

著者 中《なか》島《じま》らも

発行者 小宮英行

発行所 株式会社 徳間書店

東京都品川区上大崎三－一－一 〒141－8202
目黒セントラルスクエア

電話 編集〇三(五四〇三)四三四九
販売〇四九(二九三)五五二一

振替 〇〇一四〇－〇－四四三九二

印刷
製本 大日本印刷株式会社

ISBN978-4-19-894693-7 (乱丁、落丁本はお取りかえいたします)